Max Bronski

Der Pygmäe von Obergiesing

Kriminalroman

Verlag Antje Kunstmann

11. April 1889. – An den Deutschen Kaiserlichen Kommissar Dr. Göring. Ich möchte hierdurch mitteilen, dass ich gegen Manasse gekämpft habe. In Achanib habe ich jene deutsche Flagge erobert, die Ihr dem Manasse überreicht habt. Ich besitze jetzt diese Fahne und bewahre sie in Hoornkrans auf an meinem Wohnsitz. Deshalb erlaube ich mir die Frage, was ich damit machen soll, weil ich keine Verwendung für solche Flaggen habe. Sie sind für nichts zu gebrauchen.

(Hendrik Witbooi)

1

Wie bist du denn in dieses Loch geraten? Die Frage kommt in der Regel zu spät und beantwortet sich schließlich von allein. Du gibst keinen Fingerbreit nach, glaubst, dir treu bleiben zu müssen, und fühlst dich heldenhaft in deiner inneren Konsequenz. So hast du dir die Grube selbst geschaufelt, in der du nun hockst. Blind wie ein Maulwurf hast du dich nach unten gewühlt, wo es dunkel und kalt ist. Schließlich ist das heulende Elend über dich gekommen. Der erste Schmerz ist falsch, du findest alles nur ungerecht, glaubst dich in deinem wahren Kern gering geschätzt. Handelst, bettelst und streitest mit Leuten herum, die schon lange nichts mehr mit dir zu tun haben wollen. Möchtest ihnen trotzdem deinen ganzen inneren Sermon gelegentlich schriftlich geben. Dass es ihnen noch mehr leidtut. Aber wenn du ein ganzer Kerl wärst und dich mit ungetrübtem Blick anschauen könntest, wüsstest du, dass du der Einzige bist, der bei deiner Beerdigung Tränen vergießen würde.

Wie konnte es so weit kommen? Eigentlich wolltest du ja hoch hinaus, wolltest von allen geschätzt werden, bis du schließlich feststellen musstest, dass der Drang nach unten deine eigentliche Bestimmung ist.

Vielleicht hatte ich in meinem Brüten und Sinnieren irgendwelche Laute von mir gegeben, ein Stöhnen, Seufzen oder Grunzen. Jedenfalls fühlte sich die Wirtin meiner Kneipe aufgerufen, mich anzusprechen.

– Kriegst du noch was?

Freilich, das Glas war fast leer, aber ein Mensch in meinem Zustand verfügt über feinste Antennen für unrunde Zwischentöne.

– Wie meinst du das?

Erika duckte sich weg und begann, den Zapfhahn zu polieren.

– Wie schon?

Sie machte eine knappe Kopfbewegung zu meinem Bierdeckel hin, auf dem zwei saubere Vierergatter mit Querstreben aufgemalt waren.

– Was fragst du dann so scheinheilig?

Ich zog den Geldbeutel aus der Hosentasche und knallte ihn auf die Theke.

– Zahlen, Frau Wirtin!

Erika biss sich auf die Unterlippe, bevor sie durch bloße Kommaverschiebung nach rechts, die aus Einern Zehner machte, meine Zeche errechnete.

– Ich habe gedacht, dass du jetzt vielleicht lieber einen Kaffee trinkst?

Aus den Tiefen meiner Schicksalsbrunft kroch ein Nibelungenlachen hervor, demzufolge Weib, Tod, Hunnen und alles andere sowieso scheißegal waren.

– Den brauch ich jetzt auch nicht mehr!

Dann gab ich meinen widerstrebenden Gliedmaßen den Befehl, mich schleunigst aus dieser Kneipe zu befördern.

2

Ich stolperte die Thalkirchner Straße Richtung Heimat hinunter. Ein lindes Lüftchen wehte balsamische Frühlingsdüfte von den Isarauen her. Die Zeitungen waren voll von Wetterlyrik, um das Wunder dieser frühen Saison zu preisen. Bereits im März hatte der Winter schlapp gemacht, und nun konnte man in München das nahe Mittelmeer riechen. Wechselweise ligurische, tyrrhenische oder adriatische Seeluft wurde Richtung Norden über Alpeneis geblasen, sättigte sich flussabwärts mit heimischen Blütenaromen und strömte über die Isarauen wie durch ein Ventil in die Stadt hinein. Dieser Segen kam allerdings nur den flussnahen Vierteln zugute, bereits in der Maxvorstadt und Obergiesing hatte sich die mediterrane Atmosphäre verflüchtigt, in Trudering oder Moosach kannte man sie nicht einmal mehr vom Hörensagen.

Der Frühling mochte sich austoben, wie er wollte, ich war damit nicht gemeint, meine Verfassung war gruftig. Emma hatte unsere Beziehung aufgekündigt. Ein Mensch wie ich brauche keine Gemeinsamkeit. Leider war das nicht von der Hand zu weisen, obwohl ihr diese Erkenntnis ausgerechnet da kam, als ich mich nach der mit Abstand schlechtesten Phase meines Lebens wieder hochzurappeln begann.

Ich lag im Krankenhaus und kämpfte mit dem Tod. Was heißt kämpfen? Der Kerl kam ohne anzuklopfen herein und stellte sich an das Fußende meines Betts. Beim ersten Mal erkannte ich ihn kaum, weil er in Gestalt eines Penners vor mir stand, den ich regelmäßig auf dem Alten Südfriedhof getroffen hatte. Eine hagere, hoch aufgeschossene Gestalt mit schulterlangen, zu einem Schwanz gebundenen Haaren und einem prominenten Zinken, der ihn wie einen Vogelmensch aussehen ließ. Er trug eine Nickelbrille, deren schwarze Gläser seine Augen dunkel verschatteten. Ob sich dahinter Pupillen oder leere Höhlen verbargen, war nicht auszumachen. Ansonsten hatte er fast nur schwarzes Leder am Leib, eine enge, seitlich geschnürte Hose, einen langen, bis fast auf den Boden reichenden Mantel und einen ausladenden Schlapphut. So auffällig war das gar nicht, es fügte sich sogar gut in die Umgebung ein, denn auf seinen Klamotten lag die Patina von Jahrzehnten.

Dieser Geselle war mir von Anfang an komisch vorgekommen. Andere Penner nehmen mit dir Blickkontakt auf, wenn du sie musterst. So ermuntern sie Vorübergehende, ihnen etwas zukommen zu lassen. Der aber rührte sich nicht. Er hielt, seitlich abgewandt, die Beine übereinandergeschlagen und stützte sein Kinn mit der Hand ab, als sitze er jemandem Porträt. Er rauchte, und ein Stück weit vor ihm stand seine Bierflasche. Schon damals dachte ich, er tut so, als gehöre er seit jeher zum Inventar des Friedhofs. Ich traf ihn jedes Mal in ähnlicher Pose, vor allem rauchte er ständig. Erst als er vor mir am Krankenbett stand, verstand ich, dass es bei einem wie ihm eh schon wurscht war und man in seinem Zustand lieber zu Rothändle filterlos griff als zu einer Wasserdampfzigarette. Obwohl man mich durch sein Erscheinen zum Abgang aufforderte, fand ich, dass der Himmel großen Humor bewies, mir keinen Todesengel mit Flammenschwert oder eine dunkle Gestalt in Kutte mit übergeworfener Kapuze zu schicken, sondern einen, der wie *Freewheelin' Franklin* in Leder aussah. Als ich diesen Gedanken gefasst hatte, war der Kerl verschwunden. Auch beim zweiten und dritten Mal verlief es ähnlich, im tiefsten Inneren glaubte ich einfach nicht daran, dass so einer mein Todesbote sein könnte. Beim Spiel um die letzten Dinge haben sie dich nur dann am Kanthaken, wenn du seinen bitteren Ernst nicht in Frage stellst.

Als die ersten lichten Momente bei mir wieder aufflackerten, verstand ich, dass ich an einem guten Dutzend Schläuche hing, von denen die einen etwas abführten, die anderen etwas zuführten. Junge Frauen, teils polnisch, teils koreanisch, kamen herein, wischten mich nass ab, wälzten mich auf die Seite, um das verschmutzte Betttuch abziehen zu können, tauschten einen gefüllten Beutel gegen einen leeren und eine leere Flasche gegen eine volle und öffneten das Fenster, dass ich nicht immer nur im eigenen Mief lag. Stolz hin oder her, dagegen konnte ich nichts tun, aber dass die Frau, mit der ich leidenschaftliche Stunden verlebt hatte, mich in dieser Scheiße liegend anschauen musste, war unbedingt zu verhindern. Also ließ ich Emma ausrichten, sie möge bitte zu Hause bleiben. Als sie mich nach einer Weile dann doch besuchen kam, war ich nicht mehr auf meinem Zimmer, sondern saß draußen in fröhlicher Bademantelrunde mit hausbekannten Suchteln direkt neben dem betonierten Lieferanteneingang.

Sie räumte mir noch ein wenig Bedenkzeit ein, wartete auf eine dramatische Aktion meinerseits und gab mir schließlich den Laufpass. Zu Recht! Was sollte ich schon dagegen setzen? Ihr Verdacht stimmte ja. Auch im gesunden Zustand sind mir Menschen am liebsten, die mir nicht auf die Pelle rücken. Im Guten wie im Schlechten. Die schönsten Gedanken kommen mir zu Abwesenden. Gerne bei ein, zwei Bier. Im Sinnieren entfaltet sich meine Welt so, wie sie sein soll. Arschlochfrei vor allem und kraft meiner Phantasie bunt ausgemalt. Das Leben selbst bringt nur Schmerz und will immer wieder neu ausgekämpft werden.

Wenn man in seinem Selbstmitleid herumpaddelt, ist man fähig, von einem Moment auf den anderen das genaue Gegenteil von dem zu empfinden, was man eben gedacht hat. Das Sensorium für Widersprüche ist komplett verödet. Natürlich brauchte ich Zuspruch, ein Freund wie Julius hätte mir gutgetan. Aber der Dicke war auf Tournee. Als ich neulich bei ihm vorbeischaute, präsentierte er mir stolz seinen neuen E-Bass, *Flameburst* in *Hot Red*, ein Teil, so feuerrot wie ein Ferrari. Er bat mich, ein Foto von ihnen beiden zu machen. Aber das Resultat war ziemlich deprimierend, das Instrument hing vor seiner Wampe so albern herum wie ein Kindergartentäschchen bei einem erwachsenen Mann. Ein Klavier oder ein Kontrabass wäre für seine Statur kleidsamer. Ich sagte ihm, er solle den Bass zur Hüfte schieben und seitlich in die Kamera blicken, das sehe dann wesentlich fetziger aus. Der Bauch war kaschiert, und tatsächlich gelang uns so ein passables Foto.

Tournee war natürlich zu hoch gegriffen, die drei alten Herrn tingelten als Bellbrooks durch eine Reihe von Dorfgaststätten. Onkel Tom, der Gitarrist, bot seine ganzen früheren Meriten auf, immerhin hatte er schon mal Leute wie Chris Roberts, Bata Illic und Wencke Myrhe supportet, und schaffte es, dass ihnen ein Veranstalter eine Tour zusammenstellte. Ich hatte Julius aus meinem Fundus einen englischen Kutschermantel geschenkt, mit dem er richtig klasse aussah, geheimnisvoll wie Mister X. Allerdings war das gute Stück nicht bühnengeeignet.

Einer wie Julius fehlte mir jetzt. Weder ist er besonders feinfühlig noch besonders redegewandt, aber wenn er mir gegenübersitzt und mit seinen Pratzen das Glas umschließt, dann britzelt das Neandertalergen in uns und stiftet eine enge Verbindung zwischen zwei Männern, die sich auf der Jagd nach dem großen Ding ganz weit hinausgewagt oder einfach nur fürchterlich verrannt haben. Es besteht stummes Einverständnis darüber, dass das eine so wurscht wie das andere ist, und damit kehrt innerer Friede in unsere von Selbstzweifeln zerrissenen Seelen ein.

Jetzt roch ich den nahen Schlachthof. Was da heranwehte, war nur einem kleinen Anteil nach der Geruch von Tier und Stall, wie man ihn vom Bauernhof kennt, stärker war eine ungute Ausdünstung nach Aas, Verwesung und Tod. Am Ende des lang gezogenen Backsteinbaus, in dem das Veterinäramt untergebracht ist, stößt man auf die Bronzeplastik eines liegenden Rinds. Es ist von einem massiven Metallgitter umschlossen. Mir wird jedes Mal ganz weh ums Herz, wenn ich dieses traurige Vieh sehe. Dreckig und mit Müll zugeworfen. Vielleicht war die ursprüngliche Idee dieser Plastik, das Tier in friedlichem Ruhezustand draußen auf der Weide darzustellen. In dieser Umgebung und ihrem armseligen Zustand sagt uns diese Plastik jedoch etwas ganz anderes: Waidwundes Rindvieh beschließt zu sterben. Und genau so war mir zumute! Wäre ich dem Ledermann begegnet, ich hätte eingeschlagen, nun doch mit ihm in das mir und meiner Generation verheißene himmlische Woodstock zu gehen.

Wenn man hier unten wenigstens einmal das Gefühl hätte, es sei für irgendetwas gut, so getunkt zu werden! Man hielte das besser aus. Meine Großmutter schaute in solchen Fällen immer zum Himmel empor und bat um ein Zeichen.

Solchen Forderungen und Wünschen nach oben sollte man

auch im Suff keinen Raum geben, irgendein ein böser Geist sorgt postwendend dafür, dass sie dir als Problem im Alltag vorgelegt werden. Wenn du in Aussicht stellst, dich zu bewähren, fühlen dir die höheren Mächte sofort auf den Zahn. Sie rechten nicht mit dir herum, sie schauen sich lieber in Ruhe an, was du praktisch mit den Aufgaben anstellst, die du dir großmäulig vorgenommen hast.

Als ich in die Zenettistraße einbog, sah ich Blaulicht. Ein Zivilfahrzeug mit auf das Dach gesetzter Warnleuchte war den Gehsteig hochgefahren. So hatten sie einem Passanten den Weg abgeschnitten, um ihn festhalten zu können. Man brauchte nicht viel Einbildungskraft, um sich vorstellen zu können, wie das abgelaufen war. Du spazierst deines Wegs, und ein grauer Wagen fährt neben dir her. Der Beifahrer öffnet das Fenster und ruft dir zu: Polizei, stehen bleiben! Die behördliche Legitimation siehst du denen nicht an, stattdessen gehst du als unbescholtener Bürger automatisch davon aus, dass dir die echte Exekutive mit größerer Höflichkeit und Zurückhaltung begegnen würde. Das öffentliche Leben ist kein Kasernenhof, wo du immer herumspechten müsstest, ob sich vielleicht eine Gelegenheit ergibt, die Hacken zusammenzuschlagen und strammzustehen. Schon damit hast du die zwei Zivilen provoziert, deshalb zieht der Beifahrer unter dem Sitz sein Blaulicht hervor, setzt es oben auf das Dach, der andere lenkt den Wagen auf den Gehsteig, die zwei springen heraus und rufen zum zweiten Mal: Stehen bleiben, Polizei! Du kriegst einen Mordsschrecken und logischerweise sofort Schuldbewusstsein, weil du gerade eben dein schon krümelig gewordenes Papiertaschentuch in den Rinnstein geworfen hast. Dann geht es an die Personalienfeststellung, und die Herren überlegen in Ruhe, ob du geraubt, geschändet oder gemordet haben könntest. Wenn du deinen Ausweis nicht einstecken hast, kommt es derb.

Als ich näher an die drei herankam, sah ich, dass der mutmaßliche Delinquent die erhobenen Hände an die Mauer gelegt hatte und abgetastet wurde. Der Kollege Polizist stand am offenen Schlag, das Mikro am Spiralkabel in der Hand, extralang, damit er in synchronem Kontakt zu Zentrale und Bevölkerung sich auch außerhalb des Dienstwagens frei bewegen konnte, und rotzte etwas von *Sich-nicht-ausweisen-Können* hinein. Drinnen knackte, krachte, irrlichterte, funzte und funkte es, dass man meinen mochte, das gesamte Schlachthofviertel sei bereits von einer bis an die Zähne bewaffneten Sondereinheit umstellt.

Endlich bemerkte ich, dass es sich bei dem armen Kerl um einen Schwarzen handelte, und mir wurde klar, worum es hier ging. Wenn du verschlagen, fremd oder nach Balkan aussiehst, wirst du kontrolliert. Die Behörden wehren sich damit noch immer gegen klar zu Tage liegende Tatsachen und betreiben Geschichtsfälschung. Seit Eichmann wissen wir, dass die größten Schurken nicht schwarz, schlitzäugig, schlupflidrig oder großnasig sind, sondern wie gute deutsche Beamte aussehen.

– Was machts ihr da?

Das Duzen von im Einsatz befindlichen Polizeikräften war natürlich ungeschickt, aber mein Erregungspegel war schon ziemlich am Anschlag.

– Polizei! Das geht dich überhaupt nichts an!

Der Mann tat mir sofort leid, weil er so verletzlich aussah. Er war klein, feingliedrig und schmal. Sein Kopf war demgegenüber recht groß, sodass er auf die Entfernung wie ein Schulbub aussah. Dann bemerkte man jedoch die Falten unter seinen Augen und das an der Seite bereits grau melierte Haar. Was immer vorgefallen sein mochte, der Mann war ganz gewiss unschuldig!

– Der hat doch nichts angestellt!

Der Schwarze wandte mir den Kopf zu.

– Lass gut sein, ich komm schon zurecht.

Eine wirkliche Überraschung war, wie er das sagte. Er sprach ein so gepflegtes Bayerisch wie der Dorfpfarrer von Großdingnussing.

– Wir haben viel zu viele Illegale bei uns herinnen.

Offenbar war der Kollege Polizist auch noch ein Rechtsradikaler.

– Das hörst du doch, wo der her ist, schrie ich.

Der andere packte mich am Arm.

– Deine Personalien, weil du gar so plärrst!

Der schiere Grimm erfasste mich.

– Du pfeifst, und ich soll apportieren wie ein Hunderl?

– Jetzt beruhige dich doch, sagte der Schwarze.

Die Angst vor der Eskalation war ihm anzumerken. Ich griff in meine Brusttasche, holte meine Kennkarte hervor, steckte sie mir in meinem Furor zwischen die Zähne und hielt sie so dem Polizisten hin.

Meine Erinnerung ist inzwischen getrübt, aber es fühlte sich wie eine Ohrfeige an, was mir da verabreicht wurde. Ich konnte gar nicht anders, als dem Kerl blitzartig an die Gurgel zu gehen. Mein Zupacken war gewiss nicht besonders bedrohlich, denn der Angegriffene hatte noch Zeit und Muße, sich seinem Kollegen zuzuwenden.

– Siehst du, was der da macht?

Dann ging es ganz schnell. Zusammen packten sie zu, warfen mich auf den Boden, drehten mich auf den Bauch, zogen meine Arme nach hinten und legten mir Handschellen an.

Eine halbe Stunde später saßen der Schwarze und ich in der nach Bier und Kotze riechenden Zelle des zuständigen Polizeireviers.

3

– Wie heißt du denn?

– Gossec, und du?

– Alois Womack.

Ich ließ diese Namenskombination eine Weile lang auf mich wirken und wusste nicht, wie ich ihn das fragen sollte, was mich interessierte, ohne übergriffig zu werden. Er registrierte meine Neugier und lächelte.

– Der Vater war aus dem Kongo, Tourismusbranche. In Landshut hat er dann meine Mutter kennengelernt. Rate einmal, wo!

Ich zuckte die Achseln. Er grinste.

– In der Kirche. Im Kongo sind sie ja in der Mehrzahl gut katholisch. Nähergekommen sind sich die zwei bei einem Folkloreabend, den der Herr Pfarrer im Kolpingheim organisiert hat.

Außer für ein paar Urlaubsaufenthalte bin ich noch nie wirklich aus München herausgekommen, aber da kenne ich mich aus. Von meiner Großmutter habe ich dazu die große

Fähigkeit geerbt, von der Art her wie einer spricht, beurteilen zu können, ob der Mann in Pasing oder in Perlach aufgewachsen ist. Alois allerdings redete in einem Esperanto-Dialekt, einem Best-of-Oberbayerisch, wie es sonst vermutlich nur noch im Himmel zu hören ist, wo jeglicher Sprachzwist zwischen den weiß-blauen Stämmen aufgehoben ist. Auch hatte er nicht dieses Vorwärtsstolpernde, das dem Zuhörer das Gefühl vermittelt, der Erzähler müsse endlich ans Ziel seiner Rede geschubst werden, denn beim bayerischen Menschen ist vielfach der innere Artikulationsdruck größer als das sprachliche Vermögen. Alois sprach flüssig, klar und rund, das schnurrte und gurrte nur so dahin.

– Die Liebe war kurz und heftig. Nach ein paar Wochen war er ja auch schon wieder weg. Mit mir haben sie es dann besonders gut gemeint und versucht, mir mit dem Vornamen eine bayerische Seele einzupflanzen.

– Lebst du hier in München?

– Genau.

– Und beruflich?

– Ich bin als Pygmäe von Obergiesing unterwegs.

Ich musterte ihn erstaunt.

– Was soll denn das heißen?

– Was schon? Klein, schmal, großer Kopf – einen Spottnamen kleben sie dir schneller an, als du schauen kannst. Aber mir ist das inzwischen wurscht, ich lebe davon.

– Das musst du mir erklären!

– Stell dir vor, ich würde Anzug und Krawatte tragen und Geschäfte machen wollen. Alle würden sie mutmaßen, der Kerl ist unecht, da stimmt doch was nicht. Und dementsprechend geht da nichts! Aber wenn du als Schwarzer eine Weißwurst isst, einen Trachtenhut auf dem Kopf hast und in der Lederhose dasitzt, dann wird es schon wieder gemütlich. Die Leute finden dich so drollig und anheimelnd wie den Mohr im Hemd, schau einmal, ein Schwarzer in Tracht, das ist doch wirklich was zum Schmunzeln! Gut, habe ich mir gedacht, da musst du noch was obendrauf setzen: Jodeln, Ziehharmonika spielen, Gstanzl singen … Der Bayer haut sich auf die Schenkel, der Rest lacht sich einen Ast. Das ist schwarz-weiß-blaues Entertainment, Gossec! Die Attraktion im Bräuroslzelt …

– Ich gehe grundsätzlich nie aufs Oktoberfest!

Irgendwie wurde mir dieser Alois unheimlich. Was war denn das für einer?

Die Zellentür wurde aufgeschlossen.

– Alois Womack!

Er erhob sich von der Pritsche.

– Alles klar, du kannst gehen.

Alois packte zusammen, und wir tauschten noch Adressen. Zum Abschied nickte er mir zu, dann wurde wieder zugeschlossen, und ich war mit meinen Gedanken allein.

4

Wenn man sich gegen einen Polizistenlackel zur Wehr setzt, ist das immer Widerstand gegen die Staatsgewalt. Erschwerend kommt hinzu, dass es keine Rolle spielt, was du wirklich getan hast, sondern was der Beamte denkt, dass du hättest tun können. Vor Gericht werden keine Tatsachen erhoben, sondern

Möglichkeitsräume erkundet, in denen dir von der Atombombe bis zur Zwille im Prinzip jede Waffe zur Verfügung steht, um sie vorzugsweise gegen wehrlose Beamte einzusetzen. Verknackt wirst du schließlich für das, was im Hirn dieses Menschen vor sich geht, der sich einem wohlfeilen Gutachten zufolge seit deiner Attacke in psychologischer Behandlung befindet und nachts regelmäßig schweißgebadet aufwacht, weil er dein wutverzerrtes Gesicht nicht aus dem Gedächtnis löschen kann.

Der Richter gab sich kulant, hatte viel Einsehen mit mir und stufte die Begegnung als harmlose Hakelei ein. Und trotzdem war von Anfang an klar, dass ich nicht ungeschoren davonkommen würde, weil ich einem der Ihren zu nahe getreten war. Der Beamte wird immer als Funktionsträger behandelt, gleichgültig, was für ein niederträchtiger Wicht in der Uniform steckt, du hingegen wirst zu einem straffähigen Individuum verkleinert, hast eine krumme Biografie und bist ein Trunken- und Raufbold. Dass du dich als Bürger mit Zivilcourage in einen Konflikt geworfen hast, ist nicht schützenswert und interessiert kein Schwein.

Der Spaß kostete mich zwanzig Tagessätze, ersatzweise zehn Tage gemeinnütziger Arbeit, und damit war ich, bedeutete man mir, noch ziemlich gut bedient. An Geld war bei mir ohnehin nichts zu holen, und so studierte ich nach dem Urteil die Liste mit den Tätigkeiten und Organisationen, die man mir zur Orientierung vorgelegt hatte. Ob ich nun bei der Obdachlosenhilfe oder beim Müttergenesungswerk Kloschüsseln putzte und den Hof fegte, war ziemlich egal. Vielleicht war es ein Wink des Schicksals, aber ein Eintrag zog mich an: der des Klosters Gnadenstätt im Süden von München. Das Kloster selbst kannte ich weniger, dafür aber die Schenke und den Laden. Sie brauten ein gutes Bier und destillierten einen Kräuterbitter, den meine Großmutter im Medizinschrank stehen hatte. Ich, in einer Oase der Ruhe mit hausmeisterlichen Tätigkeiten beschäftigt, das roch doch weniger nach einer Strafe als nach einem seelenkräftigenden Exerzitium. Ich rief an und verpflichtete mich.

Schon bald zeigte sich, dass der himmlischen Gerichtsbarkeit sehr daran gelegen war, die irdische zu korrigieren. Dort oben interessiert sich nämlich niemand für Uniformen, denen ist es mehr um unsere Seelen zu tun.

5

Mit der S-Bahn und einem anschließenden fünfzehnminütigen Fußmarsch war das Kloster gut zu erreichen. Mein Handy piepte. Der Pygmäe Alois funkte mich an. Aber Kontakte zur Außenwelt passten jetzt nicht in mein Programm. Ich funkte zurück, ich sei geschäftlich unterwegs und würde mich später einmal melden.

Das Kloster liegt auf dem Isarhochufer mit einem wunderbaren Blick auf den Fluss hinunter. Zweifel an der Berufung dorthin sind eher selten. Im Winter ist der Mönch dankbar, dass er eine warme Stube hat, im Sommer fahren im Halbstundentakt Flöße mit einer heillos betrunkenen Meute und Blasmusik an Bord vorbei, die zum Kloster hinaufschreien und mit ihren T-Shirts winken. Schon der Augenschein belehrt den

Ordensmann, dass der Wahnsinn da draußen unverändert geblieben ist und sich jeder Zweifel an der getroffenen Entscheidung somit erübrigt.

Ein etwas mürrischer Bruder Hausmeister nahm mich in Empfang und wies mir im Gästehaus eine Kammer zu, so schmal, dass selbst der heilige Bruder Konrad von Altötting darin Platzangst bekommen hätte. Aber mir war es egal, genau hier begann mein Exerzitium, in dessen Verlauf ich alles in Demut annehmen würde, wie es auf mich kam. Durch ein schmales Fenster, das so weit oben angebracht war, dass es sich nur mit einem Hebel öffnen ließ, sickerte Licht herein. Ich stellte meinen Rucksack neben der Pritsche ab, die mit weißer Leinenwäsche frisch bezogen war. Eigentlich nicht schlecht, dachte ich, der Raum war sicher vier Meter hoch, und man musste Jahre hier verbringen, bis sich unter der Decke so viele Gedanken und Sorgen angesammelt hatten, dass es eng wurde und der Seelenballast den Schläfer zu bedrücken begann.

– Und wie geht es weiter?

– Ich bringe dich zu Pater Willibald. Der hat dich angefordert.

Er führte mich in den Keller. Als wir die Wäscherei passiert hatten, begann es, nach Alkohol zu riechen. Auch der Bruder Hausmeister blähte seine Nüstern und dachte wohl wie ich an ein frisches Weißbier.

– Da geh rein!

Er wies auf eine schwere Eichentür und drehte ab. Bruder Hausmeister wollte sich wohl der Versuchung nicht weiter aussetzen.

– Grüß Gott!

In der Mitte stand Pater Willibald an einem Holztisch, rotbackig wie ein Nikolausapfel, rund und wohlgenährt wie ein Buddha. An ihm konnte man die segensreiche Wirkung einer Kutte studieren, wenn sie einen ausladenden Leib umfloss. Seine ganze Würde wäre zunichte, wenn er sich in eine alberne, unter der Wampe laufende Hose hineineinzwängen müsste. Er trug eine Lesebrille vorne auf der Nase, über die hinweg er mich ansah.

– Aha, mein Gehilfe! Gossec, nicht wahr?

Ich nickte. Gelegentlich musste ich ihn bitten, mich Bruder Gossec zu nennen. Ich wollte nur mal hören, wie das aus dem Mund eines Mönchs klingen würde. Der Raum wirkte wie eine altdeutsche Studierstube, allerdings die eines Chemikers, denn statt Büchern und Folianten standen Flaschen, Glaskolben, Fässchen und sonstige voluminöse Behälter in den Regalen aufgereiht.

– Schon was gefrühstückt?

Ich zuckte die Achseln. Es war bereits elf Uhr, und ich wusste daher nicht, wie seine Frage gemeint war.

– Zweites Frühstück!

Ich schüttelte den Kopf. Er wies mir einen Platz am Tisch und ging nach nebenan. Nach einer Weile kam er mit einem stattlichen Tablett zurück, das mit Bauernbrot, Aufschnitt, Essiggurken und Senf beladen war.

– Und?

– Ja klar, gern, sagte ich.

– Aha, du kannst ja reden. Bediene dich!

Ich langte tüchtig zu, und auch er hielt sich schadlos. Schließlich brachte er den Rest wieder nach nebenan und wischte den Tisch sauber.

– Jetzt, wo du eine Unterlage hast, ans Werk!

Er stellte drei nummerierte Gläser vor mich hin und goss mir aus Flaschen ein, die ebenfalls mit Nummern etikettiert waren.

– Jetzt schauen wir erst mal, ob du mir überhaupt helfen kannst. Probierst eins nach dem anderen, und dann sagst du mir, was du geschmeckt hast. Um den Gaumen zu reinigen, gibt es hier Brot und da einen Kübel zum Ausspucken, sonst wird es zu viel.

Er schob mir den Brotkorb und den Kübel zu. Ich hob das Glas und schnüffelte.

– Bier, sagte ich. Irgendwie aromatisiert.

Pater Willibald protokollierte alles in einem Testbogen, den er auf einem Klemmbrett fixiert hatte. Ich nahm einen ersten Schluck.

– Grapefruit!

Mit unbewegter Miene notierte er meine Feststellung. Ich trank vom nächsten Glas. Kurz darauf verzog ich das Gesicht.

– Pfui Teufel. Schmeckt wie Fenchelbier.

Dann machte ich mich an die letzte Probe.

– Pfefferminz.

– Sehr gut!

Pater Willibald legte das Brett beiseite.

– Dich kann man gut gebrauchen. Woher kommt das, dass du alles so gut rausschmeckst?

– Übung, sagte ich. Man geht in der Wirtschaft kurz auf die Toilette, und sie schütten dir währenddessen irgendetwas ins Bier. Beim nächsten Schluck bin ich deswegen immer besonders vorsichtig. Und ich habe es bisher noch jedes Mal herausgefunden, wenn sie mich verarschen wollten.

Er goss noch einmal fünf Gläser voll und schob mir das Klemmbrett zu.

– Unter der jeweiligen Nummer notierst du, was du schmeckst. Möglichst genau.

Er sah auf seine Uhr.

– Ich gehe jetzt zum Mittagsgebet.

6

Später holte er mich ab, und wir gingen ins Klosterstüberl zum Mittagessen. Pater Willibald sprach ein kurzes Gebet, bevor er sich daran machte, den Leberknödel in der Suppentasse zu zerteilen.

– Und war irgendetwas dabei, was dir geschmeckt hat.

Ich schüttelte den Kopf.

– Scheußlich. Wie Weiße mit Schuss. Vielleicht kannst du das Zeug nach Berlin verkaufen.

Pater Willibald seufzte.

– Jetzt habe ich schon so viel ausprobiert, aber ein neues Bier zu entwickeln, ist halt nicht so einfach.

– Für mich ist das Aromatisieren schon der Fehler.

– Moment, das ist reines Bier, alles Natur, da wird nicht gegen das Reinheitsgebot verstoßen. Das dürfen wir auch gar nicht!

– Und wie geht das dann mit verschiedenen Geschmacksrichtungen?

– Durch den frischen Hopfen, den wir ganz spät dazugeben. Da entwickeln sich nicht die Bitterstoffe, sondern die Fruchtaromen.

Mit einem dankbaren Lächeln quittierte er die stattliche Portion Tellerfleisch mit Meerrettichsoße, die vor uns hingestellt wurde.

– Außerdem haben sich die Hopfenzüchter mit neuen Sorten einiges einfallen lassen: Polaris erinnert an Gletschereis und Pfefferminze, Mandarina Bavaria bringt Zitrus- und Beerenfruchtaromen oder Hallertau Blanc …

Ich verzog das Gesicht.

– So ein Schmarrn! Ihr habt ja noch nicht einmal ein Bockbier im Sortiment.

Nachmittags arbeiteten wir weiter. Das nachmittägliche Kaffeetrinken brauchte ich dringend, damit mich das viele Bier nicht von den Beinen holte. Aber das Ausspucken brachte ich nicht über mich, es wäre eine Verschwendung der guten Gaben gewesen. Abends kehrten wir dann wieder ins Stüberl auf eine Käseplatte ein. Als Gehilfe von Pater Willibald durfte ich hinterher sogar das Abendgebet der Mönche mitmachen. Ich solle es, so sagte er, wie sie alle zu einer Gewissenserforschung nutzen. Die fiel bei mir ebenso einfach wie zufriedenstellend aus: Zwar hatte ich den ganzen Tag nur gefressen und gesoffen, aber ich hatte es im Dienst der Kirche getan. Als ich endlich die mir zugewiesene Klause aufsuchte, war ich so breit, dass ich kaum durch die Tür passte.

7

Bekehrung! Schon das Wort hat etwas Dramatisches an sich. Eine Stimme ruft von oben, der Mann fällt vom Pferd herab in den Staub, und aus dem Saulus ist ein Paulus geworden. Hätte man mich gefragt, ob ich Interesse an einer Lebensstellung als Bruder Braumeister habe, ich wäre ins Grübeln gekommen. War es mir denn im Leben je besser gegangen als in diesen zwei Wochen im Kloster Gnadenstätt? Gut, der Hosenbund zwickte, ich hatte gut fünf Kilo aufgepackt, aber in einer Kutte hätte niemand Anstoß an meiner barockeren Figur genommen. Sicher, ich verspürte nun schon morgens nach dem Aufstehen den Drang nach dem ersten Glas Bier, aber solange ich mich wusch und kämmte, gewissenhaft protokollierte, auswertete, für eine gute Essensgrundlage sorgte und vor allem reichlich betete, war der Suff zumindest monastisch gut eingetütet. Und der Zölibat? Zunächst einmal machte man sicher bei einfachen Brüdern weniger Aufhebens als bei den geweihten Patres, wenn sie mal über die Stränge schlugen. Außerdem wenn einer wie ich nur Pech und Probleme mit Frauen hatte, war das doch ein Wink von oben, sich endgültig von diesem dem männlichen so entgegengesetzten Geschlecht zu verabschieden!

Eine Option auf das Klosterleben gab es zweifellos, denn Pater Willibald hatte mich aufgefordert, doch mal wieder bei ihm vorbeizuschauen. Dieser Hinweis war gut gemeint und gewiss ausbaufähig. Weil wir reibungslos zusammengearbeitet hatten. Meine Empfehlung, einen Isarbock ins Sortiment aufzunehmen, hatte er zwar rundweg abgelehnt. Schwere, alkoholreiche Biere passten nicht mehr in die Zeit. Da habe ihm der Vertrieb klare Hinweise gegeben. So konzentrierten wir uns darauf, ein Bier mit Zitrusnoten auszutüfteln. Dagegen gab es wenig einzuwenden, denn auch in meinem Weißbier schwamm gelegentlich ein Zitronenschnitz. Es schmeckte frischer so.

Pater Willibald hatte mir einen neuen Weg gezeigt. Man konnte auch durch Essen und Trinken seinen Frieden mit dem Leben machen. Und durchs Beten. Das hatte ihn ruhig und freundlich gemacht, er meinte es zweifellos gut mit den Menschen. Sein Handwerk verstand er auch.

Auf dem Weg zur S-Bahn reaktivierte ich mein Handy. Um mich auf Stand zu bringen, schaltete ich den örtlichen Nachrichtensender ein. Mehr hatte mein Uraltknochen nicht zu bieten, um mit der Weltlage in Tuchfühlung zu gehen. Schon der erste Beitrag war erschütternd. Man habe, so sagte der Sprecher, vor allem im Schweinesektor brutalen Druck. Kein Wunder, dachte ich, wo doch heute schon jeder Depp mit und ohne Wampe seinen Hausmacherporno online stellte. Wenig später verstand ich, dass sich hier ein Funktionär des Bauernverbands zur Eröffnung der grünen Woche äußerte.

Persönliche, an mich gerichtete Mitteilungen blieben überschaubar: Julius hatte versucht, mich anzurufen, aber von Alois drückte es gleich fünf Nachrichten auf das Gerät. Ich rief zurück.

– Wo warst du denn so lange?

– Meine Strafe abarbeiten.

– Wegen mir?

– Seit wann bist du denn schuld dran, wenn sie dir blöd kommen?

– Wegen unserer Geschichte damals, meine ich halt.

– Ja, aber lassen wir das jetzt! Worum geht es denn?

– Ich glaube, ich hätte einen Auftrag für dich.

– Nicht schlecht, könnte ich gebrauchen, mein Geschäft liegt schon seit längerer Zeit brach.

– Ein solventer Kunde hat mich für einen bayerischen Abend gebucht. Da hätte er gern noch etwas geschmackvolle Deko und bayerische Accessoires …

– Was soll das sein?

– Alles von bäuerlich bis weiß-blau: Dreschflegel, Wagenräder, Hosenträger, Trachtenhüte, Dirndl – was du halt so auf Lager hast!

Bei Alois musste man aufpassen. Bei ihm war nie klar, wie er es meinte. Man wollte eine glatt gebügelte Völkerverständigung abliefern und verwickelte sich in selbst gestellte Fallen. Genau genommen war der Mann schon durch seine bloße Existenz eine Parodie auf das naiv Bayerische.

Ich überlegte. Im Keller hatte ich noch eine ganze Kollektion von Bavarica liegen. Ausgemusterten Krempel eben. Ihn auf einen Schlag verkaufen zu können, klang gut.

– Wenn ich zu Hause im Laden bin, rufe ich dich sofort wieder an.

8

– Leck mich am Arsch!

Als die Tür zu meinem Laden aufging, staunte ich nicht schlecht. Alois stand in einem safrangelben mit schwarzen

Löwen- und Gnu-Köpfen bedruckten Kaftan vor mir. Dazu trug er einen Hut aus Persianer-Kunstfell.

– Siehst ja wie König Owambasi persönlich aus. Ist das eure Landestracht?

Er grinste.

– Nein. Wir haben es mehr mit den Jeans, so wie ihr.

– Aber?

– Faschingsabteilung Kaufhof. Ich habe später noch eine Veranstaltung bei der Dritten-Welt-Initiative Neuhausen. Wie hast du mich genannt?

– König Owambasi.

– Guter Name, muss ich mir merken.

– Was machst du bei denen?

– Einen kongolesischen Regentanz werde ich vorführen.

– Wo hast du den her?

– Vom Bärenwirt in Landshut. Wenn er besoffen war, hat er Frank Zappa aufgelegt und dazu getanzt. Langsam und ganz vorsichtig, dass er nicht umfällt. Den ganzen Körper gerade gehalten, nur Beinarbeit. So ähnlich musst du das machen. Das überzeugt.

– Du traust dich was!

Er zeigte auf mein Tabakpäckchen. Ich schob es ihm hinüber.

– Diese sanftmütigen Dritte-Welt-Versteher hängen an denselben Vorurteilen fest. Du kannst denen den größten Schmarrn erzählen, und die finden alles gut, bloß weil du schwarz bist. Sage ich, dass wir im Kongo gern einen gegrillten Dackel auf dem Tisch haben, antworten die nicht etwa *pfui Teufel* oder dass das verboten gehört, sondern *interessant!*

Er zündete die Zigarette an, die er sich gedreht hatte.

– Solange die nicht ernsthaft mit mir reden, serviere ich denen den größten Blödsinn.

– Und was wäre ernsthaft?

– Dass es auf dieser Welt nur zwei Rassen gibt: sympathische Menschen und Stinkstiefel.

Ich nickte.

– Und mit welchen haben wir es bei dieser bayerischen Fete zu tun?

– Werden wir sehen. Jedenfalls ziemlich reich!

– Kannst ein bisschen mehr dazu sagen?

– Die Party steigt in der Eichelhäherstraße in Obermenzing. Direkt hinter dem Nymphenburger Park. Dort, praktisch im Wald, ist die Villa von MCB.

– MCB?

– Marc-Christopher Bayerle. Nach seinen Initialen ist die Firma benannt: MCB ImmoInvest. Noch nie gehört?

– Nein.

– Betreibt mit einem Partner zusammen, den ich nur als Stevie kenne, einen Immobilienfonds und handelt mit Wohnungen und Häusern.

– Oh je.

– Klar, die machen eine Menge Geld. Geben aber auch einiges zurück: die Stiftung Soziales Wohnen ist zum Beispiel von denen.

Ich hatte davon gelesen. Die Stiftung hatte in der Innenstadt ein heruntergekommenes Wohnhaus erworben, es behutsam renoviert und an Einkommensschwache, wie ältere Leute oder alleinerziehende Mütter, vermietet. Hubert Frieling aus dem Sozialausschuss des Bayerischen Landtags saß im Vorstand.

– Und was ist mein Job?

– Erst mal die bayerische Deko zu liefern und so kleine Extras dazu, mit denen sich die Leute bayerischer machen können, als sie sind: Sträußchen zum Anstecken, Trachtenhüte, Westen. Kleinigkeiten, die man gerne mitnimmt, verstehst du?

– Überhaupt nicht. Heutzutage hat doch jeder Depp eine Lederhose.

– Schon, aber viele Festbesucher kommen aus dem Norden, und da läuft niemand so herum.

Er drückte die Zigarette aus.

– Ich muss jetzt los. Gib mir mal Papier und Stift.

Er notierte eine Adresse und eine Telefonnummer.

– Da rufst jetzt an und klärst das.

Er hob seinen Kaftan an und tänzelte zur Tür. Dort wandte er sich mir noch einmal zu, wedelte mit dem Saum hin und her wie eine Cancan-Tänzerin und ließ den Unterschenkel kreisen.

9

– MCB ImmoInvest, Sie sprechen mit Leila Backes!

Wäre ich tenormäßig begabter, hätten wir sofort im Duett singen können. Ich bin zwischenmenschlich nicht gerade ein Li-La-Launebär, aber ein so positiver emotionaler Angang liftete sogar einen Griesgram wie mich stimmungsmäßig schlagartig um zwei Etagen.

– Was kann ich für Sie tun?

Um eine passende Entgegnung verlegen, hatte ich wohl zu lange gezögert. Man machte ja immer den Fehler, alles persönlich zu nehmen, so entschloss ich mich, die aufgekommene Euphorie gleich ein wenig zu dämpfen.

– Gossec mein Name! Ich bin Lieferant, kein Kunde.

Sie lachte so preziös wie eine Rumbarassel, die mit Perlen gefüllt war. Jetzt zog es mir wirklich die Beine weg.

– Wie schön! Und was kann ich für Sie tun, Herr Gossec?

– Ich bin der Mann für das Bayerische. Es geht um die Ausstattung für das Fest. Deko und regionale Accessoires.

Wenn es darauf ankam, konnte auch ich mich gewählt ausdrücken.

– Gut, dass Sie sich endlich melden, wir haben auf Ihren Anruf gewartet. Schicken Sie uns doch einfach eine Liste mit den Sachen, die Sie anzubieten haben. Und schreiben Sie einen Preis dazu. Wir melden uns dann umgehend bei Ihnen.

Ich setzte mich hin und schrieb alles auf einem Blatt Papier zusammen. Im meinem Laden im Einzelverkauf hätte die ganze Chose sicher sechstausend Euro gebracht, aber das hier war ein Ausverkauf, bei dem man entsprechend Rabatt einräumen musste. So fügte ich also viertausend Euro zuzüglich Mehrwertsteuer an und steckte das Angebot in meine alte Faxmaschine, die die Vorlage ruckelnd einzog, als müsse jede Zeile erst gut durchgekaut werden, um sie andernorts wieder ausspucken zu können. Die freundliche Leila Backes hatte zwar angeboten, dass ich ihr die Zusammenstellung gleich direkt auf das Smartphone senden könnte. Aber ich stehe zu meinen Geräten aus der Dampfmaschinenzeit und hasse diese neuen siebengescheiten Telefone mit ihren eingebauten Beraterinnen.

Ein Bekannter wollte mir vorführen, wie schnell man mit moderner Technik an die gewünschte Pizza kam.

– Schatzi, wir bräuchten einen Italiener, sprach er ins Telefon.

– Ich verstehe deine Frage nicht, Hans-Peter, sagte die freundliche, auf bereits individuelle Kontaktaufnahme trainierte Stimme. Geht es um reisen, essen, Sprachen lernen oder ficken?

10

In kurzer Zeit hatte ich einen Auftrag vorliegen. Unterschrieben war er mit Leila Backes, Assistenz CFO, die Dame war also höher angesiedelt, als ich dachte. Ich sortierte meine Ware, verpackte sie in Kisten und begann, meinen alten Mercedes-Bus damit zu beladen. Als ich eine kurze Zigarettenpause machte, sah ich durch das Schaufenster, wie ein älterer Herr eine Kiste aus dem offenen Bus abschleppte. In solchen Fällen bin ich wieselflink, ich schnappte ihn, als er den Karton in seinen Kombi schieben wollte.

– Geht's noch? Her mit dem Ding!

Er setzte die Kiste ab und nestelte aus seiner Brusttasche ein Papier heraus. Schon an seiner Miene war abzulesen, dass der Kerl kein einfacher Dieb war, sondern eine Mission hatte. Gravitätisch reichte er mir das Formular. *Henry Ratzl, Detektei, Recherchen und Wertsicherungen* war dort im Briefkopf zu lesen. Dem Text war zu entnehmen, dass ich mich bereit erklärte, der Fritz Krill KG Ware zu überlassen, um Schulden in

Höhe von fünfhundert Euro zu tilgen. Ich zerriss das Papier in kleine Stückchen, warf sie in die Luft, wo sie sich verwirbelten und wie verspätete Schneeflocken auf den Gehsteig flatterten.

– Schleichts euch!

Ein Trödelhändler wie ich sollte sich seine Ware aus Kellern, Speichern, Schuppen und zu räumenden Wohnungen herausholen. Ich hatte den Fehler gemacht, von Julius technisch assistiert, einen drei mal vier Meter großen Perserteppich im Internet zu ersteigern. So billig ging ein solches Stück normalerweise nicht her, dagegen war nichts zu sagen. Aber das Ding kam nie bei mir an, folglich bezahlte ich auch nicht. Fritz Krill schickte mir die Kopie einer Zustellbestätigung, aus der sich gar nichts erschließen ließ, denn das Gekrakel war nicht zu entziffern. Es erinnerte nicht einmal im entfernten an einen Nachbarn, der den Teppich angenommen haben könnte. Darüber hinaus ist mein Laden sowieso jeden Tag zu den ausgeschriebenen Zeiten geöffnet. Trotzdem belästigte mich der Mensch seither mit seiner Forderung.

Außerdem war die ganze Geschichte schon aus Prinzip ein Ärgernis, du bestellst etwas, und statt dass es dir vor die Haustür geliefert wird, steht es dann auf der anderen Seite der Isar in einem Schreibwarenladen. Oder im nächstgelegenen Postamt, was bei der Seltenheit dieser Ämter ein verbaler Missbrauch ist. Peter, ein Bekannter von mir, hatte vor einiger Zeit die Elektrik in meinem Laden überprüft. Zum Dank schickte ich ihm eine Flasche Whiskey. Ehrlich gesagt, war ich zu faul, den vierten Stock, in dem er wohnte, selbst zu erklimmen. Bedauerlicherweise auch der Paketbote, der damit beauftragt war. Als sich Peter dann ein Taxi spendierte, um seine Flasche abzuholen, konnte ihn der Mann am Schalter zwar problemlos als Adressaten des Pakets identifizieren, verweigerte jedoch die Übergabe, da sein Pass abgelaufen war. Auch wenn die Abwicklung des Postgeschäfts nur noch von Billiglohnempfängern betrieben wird, bleibt der traditionelle Beamtengeist doch lebendig, der vor allem damit punktet, dem Kunden zur Einhaltung seiner staatsbürgerlichen und sonstigen Pflichten auf die Finger zu hauen. Bei diesem Widerspruch zwischen Botenkörper und Beamtengeist ist es jedoch kein Wunder, dass Pakete verschwinden, geklaut werden oder sonst wie verschüttgehen.

Betrübt sah Ratzl auf die Schnipsel hinunter.

– Wir können auch anders, sagte er. Komm raus, Kalle, und knöpf ihn dir vor!

Die Beifahrertür des Kombis wurde geöffnet, und ein schwarz gekleideter Mann wuchtete sich heraus. Wenn man vorne und hinten vertauschte und sich dabei großzügigerweise den Bauch als gewölbten Rückenpanzer dachte, dann watschelte eine schwarze Kampfschildkröte auf mich zu. Aber aus Chips, Pizza und Bier werden selten Muskeln. Einer, der sich so unbeholfen auf mich zubewegte, war nicht gefährlich, selbst wenn er sich mit Lederjacke, Sonnenbrille und nach hinten gegelten Haaren maskiert hatte. Ich fackelte nicht lange, packte ihn am Mittelfinger und drehte ihm damit seinen Arm auf die Schulter. Der Griff ist schmerzhaft, und wen man so in die Mangel genommen hat, der macht aus Angst um seine Gliedmaßen alles mit. Ich hätte ihn zwanzig Kniebeugen ausführen lassen können, ohne mit Widerstand rechnen zu müssen.

Ratzl fing an, hektisch an sich herumzufingern, offenbar suchte er seine Waffe. Aber ich hatte ja seine Kampfschildkröte zwischen uns platziert.

– Die Kiste kommt in meinen Wagen zurück!

Der Dicke machte mit dem Kopf eine Bewegung zu Ratzl hin, in der die dringliche Bitte enthalten war, mir zu willfahren. Ich sah, dass ihm Tränen in die Augen getreten waren, und lockerte den Griff. Auch der zu einer Kampfschildkröte mutierte Mensch hat ein kreatürliches Recht, nicht unnötig leiden zu müssen.

– Und das nächste Mal kriegt ihr richtig Ärger. Ich habe den Teppich nicht, das kannst du deinem Auftraggeber bestellen. Stellt lieber einen Nachforschungsauftrag bei der Zustellfirma.

Ratzl sah mich verächtlich an.

– Haben wir längst getan. Der Teppich wurde hier im Haus bei Gossec abgeliefert. Wenn wir dich erwischen, wie du ihn verkaufst, bist du dran.

Die beiden stiegen in den Wagen.

– Wir kommen wieder, darauf kannst du dich verlassen. Über kurz oder lang haben sie alle bezahlt, wir sind zähe Hunde und sehr nachtragend. Zumindest bis das Geld auf dem Tisch liegt.

Den Rest seiner Drohung hatte er hinter mir hergerufen, weil ich in meinen Laden zurückgegangen war.

11

Eichelhäherstraße in Obermenzing, diese Adresse klang nicht nur gut, sie war es auch. An seinem nördlichen Ende wird der Nymphenburger Park durch die Menzinger Straße abgeschnürt wie ein Sack, um sich jedoch danach wieder zu einer großzügigen Gartenstadt zu verbreitern. Statt einer Siedlung könnte man ebenso gut von einem Waldstück sprechen, nur dass es neben reichlich Bäumen, Sträuchern und Gehölzen eben auch viele Zäune gibt, damit man den Unterschied zwischen Wald und Privatgarten verstehen lernt. Diese lauschige Umgebung vermittelt einem das Gefühl, die Oberförsters in ihrer Waldresidenz zu besuchen. Weil es dort so schön ist, hatte der Namensgeber von MCB ImmoInvest Büro und Privathaus so nebeneinandergelegt, dass er auf einem weiß gekiesten Weg an einem plätschernden Brünnlein vorbei in das Office hinübergehen konnte. Als ich an dem Grundstück anlangte und die Scheibe herunterkurbelte, zwitscherten und tirilierten Waldvögel, denen offenbar jedes Gefühl für soziale Distinktion abging, weil sie für einen Dienstboten genauso eifrig sangen wie für ihren Herrn und Meister.

Ich staunte.

Der Anblick und die Lehren, die man daraus ziehen konnte, waren aufschlussreicher als jede Powerpoint-Präsentation. Was konnte einen Menschen veranlassen, seine Spargroschen in Immobilien zu investieren? In der Eichelhäherstraße fanden ich und jeder andere Suchende die Antwort: Um auch so ein schönes Anwesen zu besitzen! Vielleicht. Später einmal. Wenn es die Konjunktur- und Ertragslage erlaubten. Und wenn man nicht schon von Natur aus eine Pechsträhne hatte. Passierte. Leider. Shit happens! Aber mehr, als einem das Geld anzuvertrauen, der wusste, wie man zu einer eigenen Immobilie kam, konnte man nicht tun. Das war maximal vorsichtig. Denn auf hoher See, vor Gericht und auf dem Finanzmarkt sind wir allein in Gottes Hand.

Es hieß, ich solle die Zufahrt zu den Garagen nehmen, die sich gleich neben den Mülltonnen befand. Mit solchen Angaben tat ich mich leicht, die waren für unsereins maßgeschneidert. Sollte ich je in den Himmel kommen, was nach Pater Willibald nicht ausgeschlossen war, würde es auch dort für mich eine Pforte neben den Mülltonnen geben. Ich schob den Riegel beiseite und öffnete das Gatter. Von nebenan ertönte ein Pfiff. Ich schaute in das angrenzende Grundstück hinüber, konnte aber nichts entdecken. Noch einmal ertönte der Pfiff, diesmal blickte ich nach oben und sah einen kleinen Jungen in einem Baumhaus sitzen. Der robust wirkende Bretterverschlag war offenbar von Erwachsenen in den Baum hineingezimmert worden.

– Darfst du da überhaupt hineinfahren?

– Du meinst mit meiner alten Mühle? Ist immerhin ein Mercedes.

– Der Stephan fährt einen Jaguar und der Marc einen BMW!

– Ist mir wurscht. Wie heißt du?

– Benedikt.

Ich habe schon immer eine Schwäche für kleine Jungen mit Brille, hoher Stirn und Wasserkopf gehabt. Vor allem dann, wenn sie vorwiegend alleine spielen mussten. Vielleicht begegnete ich mir da selbst. Meine Brille war sogar links abgeklebt, und man nannte mich den Piraten. Damit allerdings waren auch schon alle Eigenschaften erschöpfend aufgezählt, die mir bei anderen Respekt eingebracht hatten. Vielleicht ist deshalb der harte Kerl aus mir geworden, weil ich so viel auf die Mütze bekommen habe. Ich wollte mir das nie heraushängen lassen, weil es ziemlich würdelos ist, wenn man herumgreint. Ein Bier tut es auch. Wenn das nicht reicht, gibt es ein zweites.

Hinten im Wagen lag ein arabisches Sitzkissen aus Leder, schon ziemlich verblichen, für mich unbrauchbar, aber abenteuerfest.

– Brauchst ein Sitzkissen für dein Haus? Arabisch, ganz aus Leder?

Benedikt nickte und stieg vom Baum. Ich reichte ihm das Kissen. Mit großem Ernst nahm er das Geschenk in Empfang und begutachtete es.

– Danke. Kann ich gut gebrauchen. Ich darf ja jetzt mal in meinem Haus übernachten. Besuchst du mich später? Ich bringe das neue Playmobil-Geisterpiratenschiff mit!

Bei diesem Hinweis hätte ich weinen mögen. Bis der Kleine verstand, dass sich kein geistig gesunder Mensch für Geisterpiratenschiffe und spätere altersgemäße Generika interessieren sollte, waren drei Viertel seines Lebens an ihm vorbeigerauscht, und er steckte mitten in einer Existenzkrise, in der er sich fragte, warum ihm nicht schon früher jemand gesagt hatte, dass Geisterpiratenschiffe und spätere altersgemäße Generika großer Mist sind. Dafür sind zwei Gründe maßgeblich, über die sich kein Mensch mit Herzensbildung hinwegsetzen kann: Erstens möchte man einem kleinen Jungen nicht den Spaß am Spielen verderben, mag die Beschäftigung noch so blödsinnig sein. Der Homo ludens verdient unseren Respekt. Und zweitens war die geistige Statur eines Buddha oder Lao Tse erforderlich, um der Einsicht in die Nichtigkeit solcher Spielzeuge nicht nur näher zu treten, sondern sie auch in letzter Konsequenz anzunehmen und zu bejahen.

Also hielt ich lieber meinen Mund.

Ich winkte ihm zum Abschied und ging zu dem Bürogebäude. Der Empfang war eines Grandhotels würdig. Auf Solnhofener Platten stehend, sondierte ich die Lage. Große Betriebsamkeit allenthalben. Junge Männer in frischen weißen Hemden, Krawatte obligatorisch, Sacco durfte abgelegt werden, bleich, weil junge Männer in Fondsgesellschaften immer zu viel arbeiteten und übernächtigt waren, zweitages- oder vollbärtig, dazu mit korrekter Frisur, diesem Hitlerjugend-Undercut, oben wie gemeißelt und seitlich ausrasiert. Ebenso junge Frauen in Hosenanzügen, adrett, gut geschminkt, zielgerichtet und Handy checkend in hochhackigem Wiegeschritt von A nach B unterwegs. Diese frühzeitig vom Arbeitsleben strapazierte Generation sehnt sich nach nichts mehr, als endlich einmal ausgiebig chillen und grillen zu dürfen. Für einen Zausel wie mich interessieren die sich überhaupt nicht, es sei denn, unsereins bekleidete die Funktion eines Concierge in ihrem Appartementhaus, eines Pizzaboten oder könnte Mobilgeräte zusammenlöten.

Kurzzeitig kam etwas Häme an mich, weil ich in dieser feinen Umgebung ein Knoblauchlüftchen zu bemerken glaubte. Dann fiel mir ein, dass ich vorhin am Kiosk zwei Fleischpflanzerl-Semmeln mit Senf gegessen hatte, und schämte mich.

In der Hölle für Lieferanten und Dienstboten wird von armen Teufeln die Endlosversion des *Buchbinder Wanninger* nachgespielt. Immer wieder musste ich sagen, dass ich die bestellte Ware draußen im Wagen hätte und wo sie nun hingebracht werden solle. Die junge Frau am Tresen mit dem Dauerlächeln eines Schokohasen schaffte es jedoch nicht, irgendjemand für mein Anliegen zu interessieren. Schließlich schickte sie mich zu einer Sitzgruppe im Foyer hinüber. Dort konnte man sich Kaffee und Wasser zapfen sowie in Immo-Werbemagazinen blättern, um die Zeit totzuschlagen.

Dieser Hochglanz-Trash raubte einem den Atem. Schöne Menschen, die in schönen Wohnungen leben. Mit Stolz blicken sie auf ihr Eigentum, auf dem Rasen tummeln sich glückliche Kinder aus dem Rotbäckchenkatalog. Die Küchentheke ist so breit, dass ein Doppelbett darauf Platz hat. Ideal, um kalte Platten zu präsentieren. Oder aus einer Kollektion von mehreren Dutzend Espressokapseln die gewünschte Geschmacksrichtung auszuwählen. Oder das Kaminholz passend zu sägen. Großartig, was man mit so viel Platz alles anstellen kann! Reiner Irrsinn, dass sich manche in einer engen Wohnung zusammendrängen! Vor allem sinnlos, weil man den Raum über kurz oder lang braucht, um durch Zusammenlegung großzügigere Wohneinheiten zu schaffen. Der eingeborene Schlachthofviertler ist daher ebenso dem Untergang geweiht wie der Giesinger, Schwabinger, Haidhausener und alle anderen monacogenen Proleten. Bis man sie endlich als indigen, ausgestattet mit eigenen sozialen und wirtschaftlichen Traditionen, anerkennt und unter den Schutz einer Menschenrechtskonvention stellt, ist es zu spät. Über Aubing und Allach sind sie bereits in die Mieterparadiese im Nordosten der Republik abgeschoben, wo die Könige unter den Hartz-IV-Empfängern leben. So darf sich der Wohnungskäufer nur noch eine Zeit lang über solche folkloristischen Farbtupfer in seiner Umgebung freuen, wegen derer er ursprünglich hierhergekommen ist, dieser Melange aus alteingesessen und exotisch. Denn zunächst machen die Künstler ein gammeliges Viertel kuschelig, daraufhin ziehen Import-/Export-Lädchen, Gemüsehändler und Knoblauchgastronomie nach, Reiseführer preisen das Quartier als Geheimtipp, nun stülpen Immobiliengesellschaften jedes verfügbare Haus um, und schließlich wird durch den massenhaften Zuzug von Friseuren und Kaffee-Abfüllstationen das Banner der Gentrifizierung aufgepflanzt. Gemeinerweise ist damit alles von dem verschwunden, was das Viertel früher so liebenswert gemacht hat.

Magazine durchblättern und düstere Gedanken hegen, so hatte ich mir den Tag nicht vorgestellt. Also rief ich mit meinem Handy Leila Backes an. Ich konnte zusehen, wie der Schokohase am Tresen das Gespräch annahm. Wenn ihr an meiner Stimme etwas bekannt vorkam, ließ sie es sich nicht anmerken. Bald darauf war ich mit Leila Backes verbunden. Ich sagte ihr, ich sei mit meiner Ware am Empfang gestrandet. Ob sie mich heraushauen könne?

12

Ich mochte Leila Backes auf Anhieb. Großväter, deren Johannistrieb noch nicht erloschen ist, nennen diesen Typ Frau *goldig*. Lockiges Haar, braune Augen, drall.

– Gut, dass Sie da sind! Ich säße sonst heute Abend noch am Empfang. Sie hätten aber auch jemand schicken können.

– Kein Problem, ich wollte ohnehin eine Pause machen. Es tut mir leid, dass Sie hier hängen geblieben sind.

Sie bedeutete dem Schokohasen, sitzen zu bleiben.

– Ich komme mit hinaus und zeige Ihnen, wo Sie ausladen können.

Ihre Stimme klang belegt. Ich sah sie von der Seite an, der Lidstrich war verwischt, sie sah aus, als habe sie geweint. Leicht verwirrt ging ich neben ihr her. Seit Parzival haben viele Männer versäumt, zum rechten Zeitpunkt die richtige Frage zu stellen.

– Ist alles in Ordnung mit Ihnen?

Sie versuchte sich an einem Lächeln.

– Ach, schon gut.

Wir überquerten den Rasen und langten bei den Garagen an. Sie zog eine Fernbedienung aus der Tasche und öffnete das Tor.

– Dorthinein kommt alles. Den Lieferschein unterschreibe ich gleich.

– Dann fahre ich den Wagen her, wenn es recht ist?

Abwesend nickte sie.

Ich fragte mich, ob ich mich deutlich genug nach ihrem Befinden erkundigt hatte. Aber der Grenzbereich zwischen Mitgefühl und Übergriffigkeit ist schmal. Man verläuft sich schnell, zumal bei uns. Der bayerische Mensch geht davon aus, dass sich die Ordnung der Welt durch klar voneinander unterscheidbare Gegensatzpaare auszeichnet. Seitdem der Herr den Luzifer von seinem Thron weg in ein unterirdisches Reich verbannt hat, ist der ganze Kosmos so aufgebaut. Himmel oder Hölle, Sepp oder Depp, Berg oder Tal, Helles oder Weißbier? Entscheidungen sind daher ganz einfach, die Nuancen dazwischen überfordern uns. Wenn Gespräche in zweideutige Grenzbereiche geraten, tut man so, als habe man vorher nichts verstanden, und fragt dasselbe noch einmal, zum Beispiel: *Was ist, magst jetzt oder magst nicht?* Je nachdem, wie die Antwort ausfällt, heißt es dann: *Blöde Kuh* respektive *blöder Kerl* oder eben *na also!*

Ich fuhr meinen alten Mercedes-Bus an die Garage heran. Leila Backes hatte sich abgewandt und blickte zu einer Gruppe hochgewachsener Fichten hinüber. Ich schleppte die Kisten in die Garage und stapelte sie dort. Qualitätskontrolle fand nicht statt, was ich da anlieferte, wollte sie erst gar nicht sehen. Sie nahm die Quittung, die ich ihr gegeben hatte, und zeigte wortlos auf meinen Stift. Sie benutzte eine der Kisten als Unterlage, um unterzeichnen zu können. Über das Formular gebeugt stand sie da, schließlich bemerkte ich, dass sie von einem Weinkrampf geschüttelt wurde. Ihr Kummer brach sich mit aller Macht Bahn. Ich stand unschlüssig da, dann fasste ich mir ein Herz und nahm sie in den Arm. Sie lehnte ihren Kopf an meine Schulter. Schnell wurde mein Hemd von ihren Tränen nass.

Jeder intensive Schmerz spaltet die Zeit. Wie die beiden Teile eines Holzscheits fallen Vergangenheit und Zukunft auseinander, die Gegenwart nimmt uns in Besitz, als gäbe es nichts anderes. Ich wartete ab. Schließlich löste sie sich von mir. Mit einem Papiertaschentuch wischte sie ihre Tränen ab. Ihre Schminke hatte sie zu schwarzen Augenringen verschmiert. Ich drehte mir eine Zigarette.

– Auch eine?

Sie nickte. Rauchend saßen wir auf einer Kiste. Ich spürte, wie sehr sie ihre Probleme umtrieben. Sie blickte nach unten, zog hektisch an der Zigarette, blies den Rauch nach oben und wandte sich mir mehrmals zu, als wolle sie mir etwas sagen, brach dann aber wieder ab. Sie zu bedrängen, hatte keinen Sinn.

– Kann ich noch eine bekommen?

Ich drehte ihr eine weitere Zigarette.

– Wie wäre es mit einem Spaziergang?

Sie nickte, und wir gingen los. Wortlos schritten wir nebeneinander her, ich reichte ihr meinen Arm, und sie hakte sich unter. Ich meinte, das starke Herzklopfen wahrzunehmen, das ihren Körper durchpulste. Es mochte eine Viertelstunde vergangen sein, bis sie ruhiger wurde. Sie schlug den Weg zurück ein, und bevor wir das Büro wieder erreichten, ließ sie meinen Arm los.

– Danke.

– Kann ich helfen?

Ihr Blick war voller Zweifel.

– Sie müssen mir nichts erklären oder sich für irgendetwas rechtfertigen.

Sie gab sich einen Ruck.

– Vielleicht doch!

– Was soll ich tun?

– Ich habe Unterlagen und Daten beiseitegeschafft. Die ganze Zeit überlege ich schon, wo ich sie sicher verwahren könnte. Wenn ich in Schwierigkeiten komme, brauche ich sie.

Sie brach ab.

– Jetzt gleich?

– Nein, mit der Post. Ich kann hier keine Papierstapel oder Akten mehr herausschaffen, ohne aufzufallen. Geben Sie mir Ihre Adresse!

Ich hatte eine Geschäftskarte einstecken. Sie schien sich gefasst zu haben und wirkte wieder ganz kontrolliert. Zum Abschied legte sie mir die Hand auf den Unterarm, dann ging sie in ihr Büro zurück.

– Warum hat die geweint?

Benedikt kauerte da oben in der Hocke und hielt seine Beine umfasst.

– Wenn du mich fragst: Weil sie hier nicht besonders gut behandelt wird.

Er nickte so schwermütig, dass mir ganz klamm ums Herz wurde. Vielleicht war er ja doch ein Auserwählter? Ich hob die Hand, schwang mich auf den Bock und rangierte vom Gelände.

13

Nachmittags schaute Alois vorbei. Er kam mittlerweile unangemeldet wie ein normaler Ladenbesucher, trank einen Kaffee, rauchte eine Zigarette und verschwand dann wieder. Diesmal trug er einen schwarzen Anzug, dazu weiße Gamaschen und eine Melone.

– Was ist heute geboten?

– Eine Beerdigung. Ist so gewünscht wie in New Orleans. Jazz-Stil. Da spiele ich Trompete. Und du?

– Die Ware für MCB habe ich heute früh geliefert.

– Hast du ein paar Mark verdient?

– Ziemlich gut sogar für meine Verhältnisse. Leila Backes, kennst du die?

Alois nickte.

– Nette Frau. Habe verschärft versucht, sie anzubaggern. Da geht aber leider nichts. Was willst du von ihr?

Ich schüttelte den Kopf.

– Gar nichts. Rein platonisch. Mit Frauen habe ich abgeschlossen.

– Ach Schmarrn!
– Ich war kürzlich zwei Wochen im Kloster …
Alois begann zu lachen.
– Du als Mönch? Entschuldige, aber das passt ja überhaupt nicht.
Ich musterte ihn feindselig. Das Innerste nach außen zu kehren, war meistens ein Fehler. Alois sah auf seine Uhr.
– Sei mir nicht böse, aber ich müsste los. Ist da noch was wegen Leila?
– Die Frau hat Probleme. Massive sogar.
– Welcher Art?
– Kein Ahnung! Aber dass die mit ihrem Job zu tun haben, war nicht schwer zu verstehen. Sie hat Firmenunterlagen beiseitegeschafft. Zu ihrer Sicherheit, hat sie gesagt. Ich habe angeboten, sie zu verwahren.
– Du? Wie kommst du denn dazu?
– Weil ich mich überall einmische. Kennst mich doch.
– Okay. Was soll ich tun?
– Ich habe ein mulmiges Gefühl, wäre gut, mehr von ihr zu erfahren. Meinst du, du könntest mich am Samstag auf das Fest mitnehmen. So als Roadie?
– Trägst du mir dann die Ziehharmonika hinterher?
Ich zuckte die Achseln.
– Wenn es sein muss!
Er grinste und klopfte mir begütigend auf die Schulter.
– Ist schon gut, ich hole dich ab. Servus!

14

Abends saß ich auf meiner Chaiselongue und meditierte über einem Weißbier. Ich fühlte mich komisch. Dabei war ich frei, konnte machen, was ich wollte. Genau das war das Problem, was stellte man denn an, wenn einem alles offen stand? Man verhedderte sich in abwegigen Möglichkeiten, wie Kino, Kneipe oder Spaziergang. Aber warum sollte ich jetzt plötzlich in ein Kino gehen, in dem ich sonst nie saß? In die Kneipe, um für das Bier das Dreifache zu bezahlen und besoffene Schwollschädel anzuschauen? Spazieren gehen, wie blöd war das doch für einen, der wie ich dieses ziellose Herumgehen hasste! Außerdem kroch in mir das umgekehrte Gefühl hoch. Das eigentliche Problem war, dass sich niemand um mich kümmerte! Aber für diesen Skandal gab es bis heute noch keine zuständige Beschwerdestelle. Nur Julius schickte mir ab und zu eine SMS, Erfolgsmeldungen aus der Provinz, sonst war da nichts. Nur Öde. Als eine große Versuchung zog die Vorstellung an mir vorüber, Emma anzurufen. Einfach um mal zu fragen, wie es ihr gehe.

Ich hatte schon wieder ein Weißbier in der Hand, da klingelte das Telefon. Wenn das Emma war, gab es einen künftig nie mehr wegzuleugnenden Beweis unserer Seelenverwandtschaft.

– Schau einmal zu deinem Schaufenster heraus!

Ich konnte die Stimme nicht auf Anhieb zuordnen. Endlich erkannte ich Ratzl, der mit seiner Kampfschildkröte in gebührender Entfernung auf der anderen Straßenseite stand. Der Dicke hielt ein Schild hoch.

– Kennst du das?

Natürlich kannte ich mein Schild. Ich hatte es einige Häuser weiter an der Straßenecke montiert. Darauf stand *Wilhelm Gossec, Antiquitäten.* Darunter war ein schöner, geknickter Pfeil gemalt, dem man entnehmen konnte, dass man nur ums Eck gehen musste, um zu meinem Laden zu gelangen.

– Jetzt schau mal, was wir damit machen.

Mit einer Blechschere zerteilte die Kampfschildkröte mein Schild in vier schlampige Stücke. Sie warfen sie scheppernd auf die Straße. Ich stand wie gelähmt, weil mir nicht wirklich ins Hirn ging, was ich da sah. Diese Vandalen hatten mein Schild mutwillig kaputtgemacht.

– Denk daran, Gossec, hier in München halten wir die Luft sauber. Wir sind hart, wir sind unnachgiebig, und wenn es sein muss, sind wir hundsgemein!

Er legte auf. Ich schnappte nach Luft. Adrenalin brauste mir in den Kopf. Im Spiegel meines Jugendstilschranks sah ich ein Ungeheuer mit roten Rattenaugen.

Ich rannte auf die Straße hinaus. Hinten in der Fleischerstraße sah ich die beiden noch, wie sie zu ihrem Wagen wetzten. Mit einer so mächtigen Wut im Bauch laufe ich wie gedopt. Ich hatte durchaus noch eine Chance, an das Auto heranzukommen, denn Ratzl musste den Anlasser seiner koreanischen Billigmühle eine ganze Weile lang orgeln lassen, um den Motor endlich starten zu können. Allerdings hatte ich nicht mit den vier jugendlichen Hängehosen-Flegeln gerechnet, die mir auf dem Gehsteig entgegenstaksten, chronisch locker drauf, mit wippendem Oberkörper und in lässiger Rückenlage.

– Weg da, schrie ich.

Aber logischerweise war diese herausgerufene Anweisung für sie genauso provozierend, als hätte ich sie Arschloch genannt. Ich versuchte, auszuweichen und mich am Bordsteinrand durchzumogeln, aber bei meinem Tempo genügte ein leichter Ellenbogenkick des Flügelmannes, um mich auf die Straße segeln zu lassen. Am Straßenende sah ich Ratzls Kombi davonziehen. Das war zu viel!

– Hey du Wichser!

Mein wütender Ausruf sorgte für große Heiterkeit. Sie lachten und knufften sich kumpelig in die Seite. Ich hatte nicht nur eine Sturzlandung hingelegt, sondern ihnen auch noch eine Quittung ausgestellt, dass ich richtig sauer war: Treffer, versenkt!

Ich sprang auf und schlug dem Übeltäter die Kappe vom Kopf, drehte seinen Arm nach hinten, zog ihn zu mir her und nahm ihn mit meiner Rechten in einen Würgegriff.

– Wenn mir einer von euch zu nahe kommt, drücke ich ihm die Gurgel ab.

Der Junge strampelte unter meinem Griff und lief rot an. Einen kurzen Moment dachte ich, dass ich so den Polizisten in die Mangel hätten nehmen sollen, man hat einen Schutzschild vor der Brust und über die Schulter des Eingeklemmten hinweg alle Verhandlungsfreiheit. Aber diese kurze Rückerinnerung ließ auf meinem inneren Display das Gewissensfenster aufpoppen, aus dem mich ein sorgenzerfurchter Pater Willibald kopfschüttelnd anblickte. Nun war ich noch schlimmer eingekeilt als die Hängehose, nämlich zwischen Gewissen und Aggression. Theologisch war die Situation kaum aufzulösen, denn Gebote wie *Liebe deinen Feind!* sagen sich leichthin, aber was tun, wenn man ihn gerade im Schwitzkasten hat? Gab ich ihn frei, würden mich er und seine Kumpane vermöbeln. Und niemand konnte wollen, dass mir weiterer Schmerz zugefügt wurde, auch Gott nicht, denn schließlich war ich genauso sein Geschöpf wie diese Halbstarken.

– Lass ihn los, du tust ihm ja weh.

Auch die Gegenseite war verhandlungsbereit und schien verstanden zu haben, was mir im Kopf herumging. Da eröffnete sich mir blitzartig ein gedanklicher Ausweg: Seit den Kreuzzügen wissen wir, dass der Zwang angemessen ist, wenn er das Gute will. Und niemand hat ein Problem damit, dass ein unmündiges Würmchen, das weder denken noch reden kann, mit der Taufe seine Absicht kundtut und besiegelt, in die Kirche einzutreten.

– Er soll schwören.

Mein Opfer nickte, so gut es ging.

– Hey Mann, er tut es, aber lass ihn jetzt los!

– Okay. Sage: Ich schwöre, künftig niemand mehr zu belästigen oder zu beleidigen und auch sonst ein guter Mensch zu werden.

Stammelnd sprach er mir nach, und ich ließ ihn los.

– Und jetzt haut ab, bevor ich es mir noch mal anders überlege.

Sie trollten sich. Ich schnaufte durch und blickte in den abendlichen Himmel. Aller Hass war verflogen, ich fühlte mich erhoben und reif für ein kühles Glas Weißbier.

15

Am Samstagnachmittag holte mich Alois mit seinem kleinen Kombi ab. Er hupte mehrfach. Ich beeilte mich, den Laden zu schließen. Der Wagen war so schwarz wie seine Lederhose. Am Heck war ein moosgrüner Schriftzug angebracht, der dem Stil und der Farbe nach den Stickereien auf seiner Hose entsprach: *Alois Womack, Musik-Entertainer.*

Auch sonst hatte er kleidungsmäßig nichts ausgelassen: graue Joppe, Haferlschuhe und einen Hut mit geschwungenen Federn.

– Spielhahnstoß, sagte Alois. Rechts gehakelt.

Ich betastete seinen Hutschmuck.

– Aber nicht echt.

– Finger weg! Natürlich nicht echt. Wegen mir müssen sie nicht die letzten Birkhähne wegschießen.

Er wirkte gereizt. Wir fuhren los. Immer wieder schaute ich zu ihm hinüber. Ich prüfte mich. Normal sah er nicht aus. Wenn man den Kopf einschaltete, war alles so ernst wie auf einem interkulturellen Regenbogenfest, wo man vor lauter Gutmenschentum nicht mehr aus dem Stirnrunzeln herauskam. Ließ man das alles beiseite, sah er einfach lustig aus. Wie ein Kind mit aufgemaltem Schnurrbart, wie ein schwarzes Christkindl, wie Jim Knopf.

– Was schaust du eigentlich die ganze Zeit so blöd?

Ich druckste herum, wusste nicht, wie ich meine Eindrücke diplomatisch verpacken sollte, wusste nicht, was ich jetzt sagen durfte. Alois fuhr rechts heran und winkte mich mit seiner rechten Hand heran, wie man seinem Gegner bedeutet, er möge endlich aus seiner Ecke kommen.

– Raus damit!

– Irgendwie siehst du halt schräg aus, verstehst du?

Er gab mir eine Ohrfeige.

– Sagen darfst du, was du willst. Aber von mir kriegst du dafür eine Watschn. Im Prinzip bist du dasselbe Arschloch wie alle anderen auch.

Ich hielt mir die Wange.

– Ist mir jetzt auch wurscht! Aber wenn du wie ein Berchtesgadener Schütze herumläufst, ist das genauso schräg, wie wenn sich ein Weißer im Indianerkostüm zeigt. Und überhaupt reicht es mir schon, dass jeder Depp Tracht trägt. Das ist nicht nur äußerlich, das färbt nach innen ab, oder hast du schon mal erlebt, dass ein Trachtler gegen irgendetwas aufbegehrt? Bei denen ist nur Volkstümelei, Brauchtum, Tradition! Alles bleibt, wie es in der guten alten Zeit war. So, und jetzt leckst mich am Arsch!

Ich machte Anstalten, den Wagen zu verlassen. Alois beugte sich herüber und hielt die Tür fest.

– Hey Gossec …

Ich hielt inne.

– … tut mir leid. Vielleicht bin ich ein wenig nervös wegen dem Auftritt. Komm her!

Er umarmte mich, dann klopfte er mir auf die Brust.

– Na los, jetzt darfst du es mal sagen!

– Narrischer Bimbo!

Alois lachte.

16

Die gesamte Eichelhäherstraße war mit Edelkarossen, SUVs und Sportwagen zugeparkt, das Fest hatte bereits mittags begonnen. Aber wir durften die schon bekannte Zufahrt neben den Mülltonnen benutzen. Im Garten war ein großes Zelt mit Bühne aufgebaut, das für die Gäste noch nicht geöffnet war. Wir schleppten Verstärker und Instrumente hinein, Alois machte anschließend einen Soundcheck. Das Innere war wie ein Bierzelt auf dem Oktoberfest gestaltet, weiß-blaue Stoffbahnen hingen unter dem Dach, dazu hatte man dicke, wattebauschartige Wolken drapiert, um einen siebten bayerischen Himmel hinzubekommen.

Alois meinte, wir sollten mal nach den Gastgebern sehen, um ihnen anzuzeigen, dass der unterhaltsame Part des Abends vorbereitet war. Wir gingen hinüber in den anderen Teil des Gartens, wo sich die Gäste um das Buffet herum gesammelt hatten, das am Pool aufgebaut war. Eine ganze Gruppe von Hostessen in kurzen, weit ausgeschnittenen Fick-mich-Dirndln umringte uns, und schon wurden wir als Neuankömmlinge abgeschleppt. Wir erhielten Küsschen und bekamen ein Sträußchen ans Revers geheftet. Als wir uns dann wie sie als bezahlte Clowns offenbart hatten, waren wir bereits ausgiebig umschmeichelt worden. Aber vielleicht ließ sich für diesen Irrtum noch eine Erschwerniszulage herausschinden. Marc-Christopher und Stevie müssten wir schon selbst suchen, ließ uns eine weißblonde Hostess wissen. Die stünden unter ihren Gästen. Dann wies sie uns den Weg in das Infozelt.

Bevor man am Fest teilnehmen durfte, musste man zur Gehirnwäsche eine Schleuse passieren. Dort lief simultan auf verschiedenen Leinwänden eine Multimediashow über das Leben und Wirken der beiden CEOs. Etwas so Durchgeknalltes habe ich selten gesehen. Imagebroschüren und -filme sind so sinnlos wie ein Kropf. Ich weiß es, du weißt es, alle wissen, dass hier nur Sprüche geklopft werden. Sobald uns niemand mehr auf die Finger schaut, werfen wir das Hochglanzheft in die Tonne, drücken den *Skip-Intro*-Knopf oder schalten sonstwie aus. Die Einzigen, die sich in vollem Umfang an solchen Werken erfreuen, sind ihre Auftraggeber und Produzenten. Mit solchen Aufnahmeschwierigkeiten hatten die Initiatoren jedoch gerechnet, deshalb bekam man einen Fruchtcocktail, wahlweise mit oder ohne Alkohol in die Hand gedrückt, und da eine Hostess am Ende der Schleuse die Gläser wieder einsammelte, war klar, dass man sich ein Getränk lang die Birne mit dieser Werbung zuknallen lassen musste.

Die beiden Gründer kamen, wie konnte es anders sein, aus einfachen Pasinger Verhältnissen, aßen aber heute noch mit großem Vergnügen den Sauerbraten und die Malakofftorte ihrer Mutti. Vati erzählte, dass sie in der Schule gar nicht so gut gewesen seien, und man verstand sofort, dass es eben der unbezwingbare Freiheitsdrang derer war, die Bäume mit den eigenen Händen ausreißen wollten. Noch im Jugendzimmer wurden die ersten Abschlüsse getätigt und schließlich ein schäbiges Büro angemietet, mit nichts weiter im Rücken als ein wenig Erspartes und grenzenloses Selbstvertrauen. Diese Geschichten können gar nicht anders erzählt werden, wenn man die Armen als dumm und faul anprangern und die Reichen als klug und fleißig preisen möchte. Die Tüchtigkeit war ausschlaggebend, alles andere hatte man sich im goldenen Sinne des Wortes verdient: den beeindruckenden Fuhrpark, die rassigen Frauen und die lichtdurchfluteten Häuser. Sie schufen so herrliche Objekte wie den Isarblick-Tower, die Glockenbachmühle oder die Giesinger-Höfe. Alle Aktivitäten wurden barmherzig umrankt, denn im Kern ging es darum, vielfältig Gutes zu tun, und schon deshalb brauchte man reichlich Kohle, denn bereits Luther hatte gesagt, dass nur der geben könne, der selbst habe.

Endlich durften wir das Zelt verlassen und standen inmitten der Festgesellschaft.

Ich habe mich oft gefragt, warum man es den Leuten ansieht, wenn sie über Macht und Geld verfügen. Als hätte man sie extra wattiert und ihnen ein zweites Rückgrat verpasst. Freilich, sie tragen feinen Zwirn, unsereiner kann es sich gar nicht leisten, jeden Tag ein blütenweißes, frisch gestärktes Hemd zu tragen. Aber selbst wenn ich so ausstaffiert wäre, ich würde verkleidet wirken. Der Prolet ist nicht parkettsicher, er zupft am Kragen oder den Manschetten herum wie einer, der sich nach seinem bequemen Hausanzug sehnt, in dem nichts drückt und sich alles ungehindert nach außen wölben kann. So war es, als trüge ich eine Tarnkappe. Keiner redete mich an, keiner fragte nach meiner Profession oder Position, ich war Luft. Die Blicke, die mich trafen, gingen alle von oben nach unten, zwei, die sich als ihresgleichen erkennen, unterziehen sich nie diesem Ganzkörpercheck. Dabei war ich nicht schlecht angezogen. Ich hatte mir einen Anzug mit grüner Hosennaht und einem Sakko mit ebenfalls grün abgesetzten Kragen herausgesucht. Mein Hemd war gebügelt. Aber in dieser Umgebung sah man unbarmherzig, dass das Jackett schon etwas speckig glänzte und in meinem Hemd der Gilb saß.

– Hast du schon etwas gegessen?

Ich blickte auf. Ein hochgewachsener älterer Mann in Schürze stand vor mir. Erleichtert atmete ich durch. Wenigstens das ist uns geblieben: Der Prolet fraternisiert, weil er unter der sozialen Kluft leidet. Die rasierklingenscharfe Distinktion geht ihm gegen den Strich. Der Witz mag schlecht sein, die Bemerkung abgegriffen, das Lachen verlegen, aber man erkennt sich.

– Wer bist denn du?

– Leo. Sagen wir mal: der Oberkellner. Und du?

– Ich gehöre zu dem Musiker. Was habt ihr denn?

– Themenbuffets: Bayerisch, Italienisch, Küste. An deiner Stelle täte ich den Fisch nehmen.

Ich nickte. Er belud einen Teller und reichte ihn mir.

– Magst ein Bier dazu?

Ich ließ meinen Blick über die Sitzgelegenheiten schweifen. Sollte ich mich irgendwo dazusetzen?

– Neben dem Zelt wäre ein Personaltisch.

Erleichtert nahm ich dort Platz. Leo stand neben mir und behielt das Treiben wie ein Jäger auf dem Hochsitz im Auge. Er achtete nicht auf Siegelringe, Goldketten, Dekolletés oder Bauchnabel, sondern erkannte Serviceprobleme und beorderte seine Leute dorthin. Wenn es dringlich wurde, rannte er selbst los.

– Die Gastgeber – wo sind die denn?

Leo wies mit einer knappen Kopfbewegung auf eine Gruppe. Der junge Mann wirkte neben einem vierschrötig muskulösen Kerl geradezu ephebisch. Das Deckhaar war von blonden Strähnen durchzogen, seinen weit aufgerissenen Augen sah man selbst auf die Entfernung an, dass sie auf ausdrucksvoll geschminkt waren.

– Schwul?

Leo schüttelte energisch den Kopf.

– Du hast doch die ganzen Hostessen gesehen, oder?

– Und der Muskelmann?

– Ist sein Partner, Stephan Huck.

Leo beugte sich herab.

– Genannt Hulk.

Die Gruppe um die Gastgeber amüsierte sich königlich, man hörte Gelächter und Kreischen. Mittendrin stand Alois, und es war unschwer zu erkennen, dass er das große Wort führte und Witze riss. Er führte eine Art Stepptanz vor, bei dem er seine genagelten Haferlschuhen auf dem Pflaster klacken ließ, packte dann eine junge Frau, umschlang sie von hinten, wiegte sie rhythmisch hin und her und drehte sie schließlich mehrmals im Kreis herum.

Der Kerl war ein Phänomen, er hatte keine Berührungsprobleme und zog seine Nummer bis zum Anschlag durch.

17

An den Abenden, die ich mit Julius verbrachte, wurde gewiss kein Feuerwerk an geistreicher Unterhaltung gezündet. Man mochte sich, und was man erzählte, war darauf angelegt, dass der andere im Idealfall *Ja genau!* sagen konnte oder etwas beisteuerte, was sinngemäß auf dasselbe hinauslief. Dabei ging es selten um etwas Weltbewegendes, sondern eigentlich nur darum, sich der Gemeinsamkeiten zu versichern, indem man sie nacheinander aufzählte. Das war für einen Außenstehenden langweilig, aber für uns durchaus ergreifend. Ich mochte den dicken Kerl, und die Kunst unserer Unterhaltung bestand darin, diese Sympathie auszudrücken, ohne sie direkt zu benennen. So äußerte sich echte Freundschaft unter Männern, denen das Leben schon einige Schrammen zugefügt hat und die sich nie so Sachen sagen würden wie zum Beispiel, dass die geblümte Krawatte dem anderen besonders gut stehe.

Die Welt der Reichen ist demgegenüber die der Konkurrenz. Trotz unserer unbeholfenen Art schneidet ihre Unterhaltung schlechter ab, denn in ihr offenbart sich nichts weiter als eine Gefühlswüste. Freilich, die Frauen waren ansehnlich und wussten sich herzumachen. Nie würden sie grell gemusterte Leggins oder rosa Schlabberpullis mit Herzchen oder Elefanten tragen. Aber wenn sie das Leben über die dreißig hinaus gekickt hatte, waren Garderobe und Make-up zwar immer noch klasse, auch die Haare waren top-gefärbt, aber sie machten schon ein schmales Mündchen und trugen ein paar herbe Falten im Gesicht. Wie Hühner standen sie zusammen und verteilten Schnabelhiebe gegen abwesende Konkurrentinnen, die sich mit dem ordinären Sex ihrer gerade mal zwanzig Jahre nur den Busen hochschnallen mussten, um die Männer zu betören. Natürlich waren die Männer blöd, weil sie ständig Schwanz und Geldbeutel miteinander verwechselten und unablässig über alte Rotweine, auf Jungfrauenschenkeln gerollte Cohibas, Motorräder, Autos, in Liquiditätsengpässe geratene Geschäftsleute und im Business-Slang über Use Cases schwadronierten. Man führte auf, was man hatte, vor allem aber grenzte man sich ab, Glück gab es, wenn überhaupt, nur auf dem Gipfel, und dort stand seltsamerweise stets irgendein unbedarftes Arschloch, das nichts weiter als unverschämten Dusel und märchenhaft reiche Eltern gehabt hatte.

Cin cin!

Leo und seine Leute sorgten dafür, dass heillos Betrunkene diskret entsorgt wurden, und für düpierte Ehefrauen oder Lebensgefährtinnen, deren Mann irgendeiner dahergelaufenen Schlampe in den Ausschnitt gekrochen war, organisierte man einen Fahrdienst. Bei den Garagen stand der Firmenwagen bereit.

Ein paar Biere hatte ich mir schon reingezogen, und so ging mir die ganze Szenerie nicht mehr so nahe, sie kippte nach hinten weg, als spielte sie sich auf einer Leinwand ab. Zunehmend wendiger und wurschtiger schipperte ich durch die Gesellschaft. Wenn jemand meinte, ich solle noch ein Körbchen Weißbrot oder eine Flasche Wein an den Tisch bringen, schüttelte ich einfach nur den Kopf.

Ich suchte Leila Backes, konnte sie aber nirgendwo entdecken.

18

Aus dem Zentrum heraus hatte ich nach und nach die ganze Gesellschaft abgekämmt und sie an der Peripherie umkreist, aber weder drinnen noch draußen war sie zu finden. Im umgebenden Teil des Gartens war es ruhig, außer mir und einem knutschenden Paar war dort niemand mehr. Ich schaute hinüber zu dem Gebäude, in dem das MCB-Office untergebracht war, und meinte dort im ersten Stock einen Lichtschein zu entdecken. Wer sonst, wenn nicht sie, sollte dort oben sein?

Von Leo ließ ich mir einen kleinen Vorspeisenteller zusammenstellen, schnappte mir eine Flasche Wein samt Gläsern und ging zum Office hinüber. Die Eingangstür war unverschlossen, man musste sie nur aufdrücken. Die blank geputzten Platten der großen Halle spiegelten wie eine Eisfläche. Der durch die sich langsam wieder schließende Tür eindringende Luftzug bewegte die ausladenden Palmwedel, die mächtigen Pflanzen standen in wartungsfreien Kübeln am Rand. Eine gewundene Treppe ging hinauf in den ersten Stock. Dort befand sich ein Großraumbüro, in dem die Arbeitsplätze durch Stellwände abgetrennt waren. Am Ende des Raums war das Chefbüro in einem Glaswürfel. Durch die heruntergelassenen Rollos sickerte Licht.

Ich hörte, wie unten die große Tür aufgestoßen wurde. Wieder spürte man einen Luftzug. Auf den Platten der Eingangshalle waren die Schritte einer Person zu vernehmen, die genagelte Schuhe trug. Jemand kam die Treppe herauf. Sofort erlosch das Licht in dem gläsernen Büro. Ich versteckte mich mit meinen Mitbringseln hinter einer Stellwand, setzte mich auf den Bürostuhl und verhielt mich ruhig.

Jetzt erkannte ich Alois. Irritiert blieb er vorne im Eingangsbereich stehen.

– Hallo!

Keine Antwort.

– Hallo, Leila, bist du da herinnen?

Nichts war zu hören. Alois murmelte einen Fluch, dann

machte er kehrt und verschwand wieder. Ich wartete ab, bis die Tür unten gegangen war. Nach einer Weile ging das Licht im gläsernen Büro wieder an. Ich erhob mich und näherte mich mit leisen Schritten.

19

Als ich die Tür öffnete, fuhr die junge Frau am Schreibtisch erschrocken auf. Ihre Augen waren weit aufgerissen, und mit der Hand hielt sie sich den Mund zu, um nicht aufzuschreien. Schließlich erkannte sie mich und beruhigte sich wieder.

– Gott sei Dank, Sie sind es!

– Ich habe Sie gesucht, Frau Backes.

– Stellen Sie mir jetzt auch nach wie der Alois?

– Überhaupt nicht. Im Moment habe ich es mehr mit dem Zölibat.

Sie wirkte bleich und strapaziert, trotzdem huschte ein spöttischer Zug über ihr Gesicht. Ich schüttelte den Kopf.

– Sagen Sie jetzt besser nichts dazu!

Dann schob ich ihr den Teller hin und stellte die Gläser auf den Schreibtisch.

– Gruß von unten. Ich dachte, es würde Ihnen guttun, mal etwas in den Magen zu kriegen.

Sie lächelte.

– Sie sind wirklich nett. Einfach so. Warum machen Sie das?

Ich goss die beiden Gläser voll.

– Ich bin vor Kurzem in eine ziemliche Krise geschliddert. Da habe ich gemerkt, dass ein Mensch wie ich eine Aufgabe braucht, sonst säuft er sich nur jeden Abend die Hucke voll. Die erste habe ich komplett versiebt, an der zweiten arbeite ich noch.

Ich beugte mich nach vorn.

– Was ist los mit Ihnen?

– Im Moment kracht so ziemlich alles zusammen, worauf ich mein Leben bisher gegründet habe. Die Firma, Stevie …

– Hulk?

Sie lächelte kurz.

– Woher wissen Sie denn das?

– Ich habe mich umgehört. Sind Sie …?

Ich hakte meine beiden Zeigefinger ineinander.

– Beziehungsstatus ungewiss zurzeit. MCB hat vor einiger Zeit eine Fondsgesellschaft aufgekauft. Dafür sollte ich eine Präsentation erstellen. Ich habe die Idee dieser Übernahme überhaupt nicht begriffen und mich in das Thema reingewühlt. Dann habe ich endlich was kapiert, aber die Sache kam mir zunehmend spanisch vor. Also habe ich bei Stevie nachgefragt …

Tränen schossen ihr in die Augen.

– Er war total empört, hat mich nur abgewehrt, sagte, mein Misstrauen hätte ihn tief verletzt. Seither sitze ich in der Klemme …

Sie wischte sich die Augen.

– Aber ich will die Wahrheit wissen, auch wenn sie mich die Beziehung und den Job kostet. Das lässt mir keine Ruhe. Deshalb sitze ich noch hier …

– Und die Unterlagen, die Sie mir zur Verwahrung zukommen lassen wollten? Steht das noch?

– Sollten eigentlich schon unterwegs sein, ich habe sie bereits in die Post gegeben.

Sie seufzte.

– Die Angelegenheit ist ein Fass ohne Boden, es kostet viel Zeit, das alles zu sichten und auszuwerten. Ich dachte, heute Abend könnte ich ungestört in Bereichen stöbern, in denen ich mich untertags besser nicht herumtreibe.

Ich erhob mich.

– Okay. Hoffen wir mal, dass sich alles doch noch in Luft auflöst.

Ich sah auf die Uhr und bemerkte, dass Alois' Auftritt inzwischen begonnen haben musste.

– Dann will ich Sie nicht weiter stören.

Ich erhob mich und wollte grade gehen, als sie plötzlich aufstand und mich umarmte.

– Vielen Dank, Gossec. Der Zuspruch tut mir gut. Wir sehen uns unten.

– Wenn nicht, schaue ich später noch mal nach Ihnen.

20

Unter den Partygästen entstand Bewegung, ein Neuankömmling bahnte sich Hände schüttelnd den Weg durch die Menge. Hubert Frieling beehrte das Fest mit seiner Anwesenheit. Inzwischen war auch das große Zelt geöffnet, und Marc-Christopher Bayerle führte den Gast dort hinein. Auf der Bühne stand Alois, der sofort den bayerischen Defiliermarsch zu spielen begann, als er den Politiker kommen sah. Ich erkannte, dass es ihm diebisches Vergnügen bereitete, Frieling vorzuführen, für den aber fand Parodie nur auf dem Nockherberg statt, und er fühlte sich geehrt. Er hielt sich immer noch für den Kandidaten der Herzen, seitdem er sich vor Jahren für das Amt des Ministerpräsidenten ins Gespräch gebracht hatte. Allerdings war er von Konkurrenten aus der Partei ausgestochen worden. Inzwischen war Frieling längst im Austrag, bekleidete jedoch noch eine ganze Reihe von Ehrenämtern, die vom Rotkreuzvorstand bis zum Raiffeisenehrenmitglied reichten, weil er aus dem Stand heraus eine schmucke Rede halten konnte.

Sache der Politik sei es, sagte Frieling, einen verlässlichen Rahmen für unternehmerische Initiativen zu schaffen, das Schicksal einzelner Unternehmen dürfe demgemäß nicht im Zentrum ihrer Aufmerksamkeit stehen. Im Fall der MCB ImmoInvest könne er jedoch schon im öffentlichen Interesse gar nicht anders, als der Firma florierende Geschäfte zu wünschen, weil sie ihren wirtschaftlichen Erfolg an soziale Verantwortung gekoppelt habe. Je mehr die MCB verdiene, desto mehr springe für die Stiftung Soziales Wohnen heraus, in deren Beirat er sitze.

– Deswegen kann ich nur sagen: Macht weiter so, legt noch etwas obendrauf!

Marc-Christopher Bayerle sprang auf und schüttelte ihm die Hand.

Mein Problem war schon immer, dass mich Zeremonien misstrauisch machten. Sie sollten etwas zudecken. Mein Onkel Joseph lebte in Trudering. Von seinem Wohnzimmerfenster observierte er täglich die Wasserburger Landstraße. Wenn ein Wagen mit Altöttinger Kennzeichen vorbeifuhr, spendierte er sich einen Schnaps. Zu Ehren seiner Heimatstadt, wie er sagte. Er ging ans Schränkchen, goss sich ein, hob das Glas und sagte: Gott mit dir, schöne Heimatstadt! Anschließend kippte er das Glas. Wie ein Pfarrer in der Messe wusch er das Glas, trocknete es mit einem Geschirrtuch und stellte alles wieder in das Schränkchen zurück. Das war schön, das hatte Stil, aber letztlich ging es nur darum, seiner Sauferei eine anmutige Form zu geben. Statistisch gesehen kam er so auf bis zu fünf Schnäpse pro Tag. Diese Wahrheit durfte man aber nicht aussprechen, denn er zeigte ja uns allen, dass er es nicht für sich machte, sondern sich dieser Etikette ausschließlich zum Wohle seiner Heimat unterzog.

Selbst wenn man wie ich nicht wusste, was die MCB und Frieling im Schilde führten, war die Frage, wer hier wen zum Deppen machte. Inzwischen hatte Alois wieder das Podium übernommen, er spielte den Gamsgebirg-Marsch ebenso wie die Lach-Polka oder den Holledauer Zwiefachen. Mir wurde jetzt klar, dass sein Geschäft wie bei Travestiekünstlern funktionierte, die Marlene-Dietrich-Lieder sangen. Man bekam beides, die volle Volksmusik-Dröhnung und die Verfremdung. Man konnte mitjohlen und sich im nächsten Moment davon verabschieden. Alois bediente beides, ließ aber auch nichts aus, keinen noch so schlechten Scherz. Sie würden jetzt alle zusammen ein Lied auf Kongolesisch singen. Dann wartete er einen Moment ab, damit sich in den Köpfen der Zuhörer das große Fragezeichen breitmachen konnte. Schließlich sagte er, der Text sei *lalala.*

Das war zu viel, ich wandte mich ab. Draußen vor dem Zelt stand Leo und rauchte. Ich gesellte mich dazu.

21

Ich hatte mich etwas abseits auf der Rasenfläche in einer bequemen Liege niedergelassen, trank noch ein paar Bier, döste und schaute dann wieder zu den zwei hochgewachsenen Tannen hinüber, die sich im Wind wiegten. Leila Backes war bislang noch nicht aufgetaucht. Von meiner Liege aus hatte ich das Office im Blick, sodass ich sie sofort sehen würde, wenn sie durch die Tür herauskäme. Der Plan war gut, leider nickte ich ein. Ich träumte, ich sei hellwach. Alois musizierte, ich hörte Stimmengewirr und Gläserklappern, wie ein Jäger auf dem Hochsitz behielt ich den Überblick über alles, was vor sich ging. Als mir das Glas, das ich auf der Brust abgesetzt hatte, wegzukippen drohte, fuhr ich hoch. Es war nun schon fast Mitternacht. Hastig kämmte ich die Festgesellschaft ab, weder Alois noch Leila Backes waren zu entdecken. Ich hatte ein schlechtes Gewissen und machte mir ernsthafte Sorgen um sie, dass sie sich so lange mit Zahlen und Akten beschäftigte, schien mir unwahrscheinlich. Ich nahm einen Espresso, dann ging ich zum anderen Gebäude hinüber.

Die Tür war immer noch unverschlossen. Obwohl ich die Treppe leise hochging, musste sie mich kommen gehört haben, jedenfalls erlosch im gläsernen Büro das Licht.

– Frau Backes?

Ich erhielt jedoch keine Antwort. Kein Geräusch war zu hören. Als ich die Tür öffnete, flammte eine Taschenlampe auf. Ein greller Strahl erfasste mein Gesicht.

– Wer sind Sie, was wollen Sie hier?

Ich hielt die Hand vor Augen. Ich erkannte einen breitschultrigen, massigen Mann. Hulk.

– Ich suche Frau Backes.

– Wie kommen Sie darauf, dass sie um diese Uhrzeit noch hier ist?

Vorsichtshalber stellte ich mich dumm.

– Wollte es mal probieren, nachdem ich sie auf der Feier nicht gesehen habe.

– Wer sind Sie überhaupt? Ich kann mich nicht erinnern, dass wir jemanden wie Sie eingeladen hätten.

– Ich habe die bayerische Ausstattung geliefert. Heute Abend gehöre ich zur Musik. Fahrer, Roadie …

– Dann haben Sie wohl nicht mitbekommen, dass Ihr Kollege schon seit geraumer Zeit verschwunden ist?

Der Lichtkegel wanderte nach unten.

– Vorschlag: Sie machen die Lampe jetzt endlich aus. Ich vertrage das nicht, wenn ich so abgescannt werde.

Eine Weile lang überlegte er, ob er in den Clinch mit mir gehen sollte.

– Besserer Vorschlag: Sie verlassen diese Räumlichkeiten und das Anwesen auf schnellstem Wege. Ich habe hier das Hausrecht. Widrigenfalls hole ich die Polizei.

Ich machte mich auf. Der gekieste Weg war von Lampen gesäumt, die, von Bewegungssensoren gesteuert, aufflammten. Ich war sicher, dass Hulk mich von oben beobachtete.

Ich ging zu den Garagen und schaute nach, tatsächlich war Alois bereits verschwunden, sein Kombi war nirgendwo mehr zu sehen. Kameradenschwein, dachte ich, mich sitzen zu lassen, war nicht besonders fein von ihm. Alle Lampen erloschen, ich stand unschlüssig im Dunkeln. Einen kurzen Moment lang hatte ich den Eindruck, dass drüben in Benedikts Baumhaus ein Licht aufflackerte. Aber der hätte jetzt auch nichts für mich tun können, es sei denn, er hätte mir mit einem Schein ausgeholfen, denn ich hatte nicht genug Geld einstecken, um mich heimfahren zu lassen. So marschierte ich niedergeschlagen zur Amalienburgstraße und erwischte noch eine der letzten Trams.

22

Ein unangenehmes Motorengeräusch weckte mich früh am Morgen. Sieben Uhr dreißig war für Sonntag keine Zeit, zu der man schon gerade stehen musste, vor allem nicht, wenn man am Abend davor das ein oder andere Bier getrunken hatte. Ich schob den Vorhang zur Seite. Jannis Seropoulos saß in seinem Schlachtschiff von Kombi, in dem er in etwa einem Jahr seinen deutschen Hausrat und seine Frau nach Griechenland überführen würde. Jahrzehntelang hatte er als Schlosser und Schweißer sein Geld verdient. Seine Hoffeste waren ebenso legendär wie die Fettbatzen, die alle paar Jahre aus den Abflussrohren seines Wohnhauses gekratzt werden mussten, denn jedes Gericht, das seine Frau zubereitete, ertrank in Öl. Letztes Jahr war er entlassen worden, und eine neue Arbeit bekam er nicht mehr. Nun hätte er in das Haus übersiedeln können, das er für sich und seine Familie auf dem Peloponnes gebaut hatte, aber er saß in der Falle, weil er vermittlungswillig im Lande bleiben musste, um den vollen Rentenanspruch zu erwerben. Der Mensch, der früher mit breiter Brust durch unser Viertel gegangen war, schlich nur noch umher, wirkte seither magenkrank und war blass. Sein dicker Kombi parkte in unmittelbarer Nähe zu seiner Wohnung, das war ihm wichtig, zumal Stellplätze bei uns rar sind. Einen Anlass, den ergatterten Platz aufzugeben, gab es nicht, aber die Maschine sollte sich hin und wieder warmlaufen dürfen, die Aggregate sollten röhren und der abgelagerte Dreck durch den Auspuff geblasen werden. Jeden anderen hätte ich für diesen sinnlosen Lärm am Schlafittchen gepackt, aber was sollte man schon gegen diesen heimwehkranken Menschen unternehmen, der seiner Schlafstörungen wegen übernächtigt vom Bett auf den Fahrersitz seines Wagens kroch, um sich sonntagmorgens davon zu überzeugen, dass ihn sein Auto später einmal dahin befördern würde, wohin er sich schon lange wünschte.

Ich braute mir einen Dreierespresso und rauchte eine Zigarette. Dabei ließ ich den verunglückten Abend gestern Revue passieren, ohne hinterher schlauer zu sein, wie ich denn nun weiter vorgehen solle. Im offiziellen Telefonbuch war keine Leila Backes verzeichnet, natürlich nicht, seine Benutzung gehört ebenso in die Fünfzigerjahre wie Telefonzellen und aktuelle Zeitungsausgaben in Form von Extrablättern, zudem enthalten solche Bücher keine Smartphone-Nummern. Ich fuhr meine alte Mühle hoch, von Julius bekam ich regelmäßig den jeweils abgetragenen Computer. Das Netz offenbart fast alles, nur nicht das, was man wirklich braucht. Hinterher wusste ich, dass Leila Backes *Canoeing* und *Diving* als Hobby betrieb, mit Liz, Merle und Stevie Tango tanzen lernte, dass sie für ihr Leben gern Muffins und Cragels aß und ich ansonsten eine Freundschaftsanfrage an sie schicken konnte.

Inzwischen zeigte meine Uhr die auch für sonntägliche Verhältnisse zivile zehnte Stunde an, und ich wählte die Nummer von Alois' Handy. Ich versuchte es auch später noch einige Male, aber immer vergeblich. Zunächst dachte ich, er habe kein Interesse, mit mir zu reden, weil er sich nicht für sein nächtliches Verschwinden rechtfertigen wollte. Am nächsten Tag jedoch verstand ich, dass mir meine Hartnäckigkeit den Besuch von zwei Polizisten eingebracht hatte.

23

Ich hatte gerade mein Geschäft aufgesperrt, da bimmelte schon die Ladenglocke. Die zwei Herren waren jedoch alles andere als kaufwillig.

– Kriminalpolizei!

– Wir hätten ein paar Fragen.

Das Schwierigste sei, sagte Pater Willibald, die Ruhe des Herzens zu bewahren. Eine Fülle von Mutmaßungen und Fragen schossen mir durch den Kopf.

– Haben Sie zufällig Ihren Dienstausweis einstecken?

Der eine runzelte die Stirn und zog den Ausweis aus der Hintertasche seiner Jeans. Danach hatte ich Kriminalhauptmeister Füllbier in lageangepasster Dienstkleidung vor mir. Über allem schwebte natürlich die Frage, woher dieser gegen die Obrigkeit gerichtete Impuls bei mir kam? Und ob er berechtigt war? Aber das musste ich in einer ruhigeren Stunde mit mir selbst abmachen.

– Worum geht es?

– Ich stelle die Fragen, erwiderte Füllbier.

Ich schluckte eine Erwiderung hinunter und versuchte, mich zu mäßigen, was mir zugegebenermaßen sehr schwerfällt. Um meinen Gleichmut zu bewahren, sind für mich Drogen am hilfreichsten: Baldrian- und Hopfenpräparate, letztere gerne auch flüssig. Autogenes Training, Meditation und Entspannungsübungen schlagen bei mir ebenfalls gut an, allerdings schlafe ich dabei ein, was ein Segen für meine Mitwelt sein mag, mich aber in der Erledigung meiner Aufgaben nicht weiterbringt. Julius, der sich als Techniker und Elektrobastler viel mit Schaltkreisen und Unterbrecherkontakten beschäftigt, hat mir den einfachen Rat gegeben, in prekären Fällen an ein großes Stoppschild zu denken und meinen Verstand zu benutzen. Im Eso-Kasten in meinem Laden stand ein Büchlein, demzufolge die moderne Physik der Auffassung sei, dass in benachbarten Sphären zu allem, was uns widerfährt, ein ergänzendes, sogar entgegengesetztes Ereignis stattfinde. Danach war ich in irgendeinem Paralleluniversum der schweinische Cop. Erstaunlicherweise kommt die Wissenschaft in diesem Fall mit traditionellen Glaubensansichten zur Deckung, die davor warnen, Mitmenschen zu verachten, weil mir bereits in meinem nächsten Leben Füllbiers Rolle zufallen könnte. Es gab also viele Gründe, ihn anzulächeln.

– Waren Sie am Samstag auf dem Fest der MCB Immo-Invest?

– Durchaus.

– Und Sie haben Alois Womack zu dieser Feier im Eichelhäherweg begleitet?

– Richtig.

– Dann erzählen Sie bitte, wie der Abend abgelaufen ist.

Alois hatte seinen Job gemacht, da gab es nichts zu verbergen. Ich wusste zwar nicht, wo das hinführen sollte, aber ich sah kein Problem darin, das zu schildern.

– Hat er viel getrunken?

– Gar nichts. Wie hätte er sonst die Show machen können?

– Er ist gefahren, Sie sind offenbar noch geblieben – war das abgesprochen?

Ich schüttelte den Kopf.

– Mein Fehler. Hatte ein paar Bier intus und bin auf einer Liege eingeschlafen. Ich vermute mal, er hat mich nicht gefunden.

– Leila Backes, kennen Sie die?

Jetzt wurde es doch noch kritisch. Ich überlegte genau, was ich sagen konnte.

– Freilich. Ich habe für das Fest Ware geliefert. Sie hat die Bestellung abgewickelt. Als ich die Sachen vorbeigefahren habe, bin ich ihr begegnet.

Der zweite Bulle, dessen Namen ich nicht kannte, notierte meine Angaben fortlaufend mit.

– Ist sie Ihnen auf dem Fest über den Weg gelaufen? Haben Sie mit ihr geredet?

Das war der kritische Punkt. Sie war in Schwierigkeiten, über die ich wenig wusste, also hielt ich mich bedeckt.

– Nein, sie war, wie sich mir das dargestellt hat, nicht anwesend.

– Wie kommt es dann, dass sie sich an Womack gewendet hat, um sich nach Hause fahren zu lassen?

Deutlicher konnte mir mein Versagen an diesem Abend nicht vor Augen geführt werden. Wenn das tatsächlich so war, hatte ich die entscheidende Phase, in der es auf mich angekommen wäre, verschlafen. Hoffentlich war ich wenigstens in irgendeinem Universum der Held, in unserem blieb ich leider der Depp.

– Dergleichen habe ich nicht mitgekriegt. Wie gesagt …

Füllbier setzte ein Lächeln auf.

– … hatten Sie zu viel getrunken und sind eingenickt. Schon recht.

Der andere klappte sein Notizbuch zu.

– Wenn Ihnen noch was Erhellendes einfällt, melden Sie sich!

Füllbier schob mir eine Karte zu.

– Dann dürfte ich jetzt vielleicht mal wissen, was eigentlich Sache ist?

– Keine Nachrichten gehört, keine Zeitung gelesen?

Ich zuckte die Achseln.

– Leila Backes ist im Hartmannshofer Park ermordet aufgefunden worden.

Die Nachricht stürzte mich ins Bodenlose.

24

Als die beiden meinen Laden verlassen hatten, lief ich sofort los, um mir Zeitungen zu besorgen. Ich schlug den Münchner Teil auf und musste nicht lange suchen, der Fall war groß aufgemacht. Übereinstimmend wurde berichtet, dass Leila Backes erdrosselt worden sei. Ein Spaziergänger habe sie mit zerrissener Kleidung im Gebüsch liegend aufgefunden. Der Verdacht liege nahe, dass sie vergewaltigt worden sei. Auch einen Tatverdächtigen habe man bereits dingfest gemacht. Er sei in einiger Entfernung vom Tatort am Boden gelegen und habe seinen Rausch ausgeschlafen, offensichtlich so betrunken, dass er es nicht mehr geschafft habe, den Park zu verlassen. Sein Wagen sei in der Nähe am Straßenrand geparkt gewesen. Bei dem Verdächtigen handle es sich um den schwarzen Entertainer und Musiker Alois W.

Ich starrte auf die Zeitung. Mein Herz klopfte, und ich spürte, wie mein Schädel von dem jähen Blutandrang heiß wurde.

Die beiden hätten sich bei einem Fest kennengelernt, bei dem Alois W. aufgetreten sei. Nach übereinstimmenden Zeugenaussagen hätten sie gemeinsam das Fest verlassen. Im Park könne es zum Austausch von Zärtlichkeiten gekommen sein, der Mann habe mehr gewollt und sei übergriffig geworden. Jedenfalls habe man unter seinen Fingernägeln Hautpartikel sicherstellen können. Die DNA-Analyse habe ergeben, dass sie von Kratzspuren an Leila Backes' Hals herrührten.

Tränen schossen mir in die Augen, Tränen der Wut und der Enttäuschung. In meinem fehlgeleiteten Gutmenschentum hatte ich mich an der Nase herumführen lassen und nicht kapiert, dass der Kerl mit seiner parodistischen Masche einfach nur eine abgebrühte, brutale Sau war. Er war an diesem Abend hinter Leila her gewesen, ich war selbst Zeuge geworden, wie er sie gesucht hatte. Ich machte mir die größten Vorwürfe, wieder einmal, als es auf mich angekommen wäre, versagt zu haben.

25

Den Fußweg von der S-Bahnstation zum Kloster Gnadenstätt bewältigte ich diesmal in fünf Minuten, so eilig hatte ich es. Den Bruder Hausmeister begrüßte ich nur kurz, Nachfragen, was ich hier wollte, sollten gar nicht erst aufkommen. Raschen Schritts steuerte ich die Versuchsbrauerei im Keller an.

– Gossec! Da schau her, was verschafft mir die Ehre.

Pater Willibald stand auf und reichte mir die Hand. Lächelnd musterte er mich, sein freundlicher Empfang tat mir gut.

– Ich muss unbedingt mit Ihnen reden, ich bräuchte, glaube ich, eine Beichte. Geht da jetzt was?

Überrascht blickte sich Pater Willibald um, er schien zu überlegen. Dann sperrte er kurzerhand den Kellerraum ab.

– Setz dich und leg los!

Ich erzählte ihm die ganze Geschichte und sparte nicht mit Selbstvorwürfen. Pater Willibald schien in sich versunken, er sagte kein Wort.

– Was ist, fällt Ihnen dazu jetzt gar nichts mehr ein?

– Was erwartest du von mir? Die große Absolution?

Ich zuckte die Achseln.

– Schau mich an, Gossec!

Unwillig hatte ich mich abgewandt, er packte mich am Arm.

– Schau mir in die Augen und hör zu! Ich habe ja immer gewusst, dass du im Kern ein guter Kerl bist. Dass du dir Vorwürfe machst und dich verantwortlich fühlst, ehrt dich. Ob du was hättest verhindern können, steht aber dahin. Du bist eingenickt, gut, kann passieren! Aber für mich ist der Punkt der, dass die ganze Geschichte, die du mir aus der Zeitung erzählt hast, so hinten und vorne nicht stimmen kann.

Alles hatte ich erwartet, nur das nicht.

– Für mich ist es enttäuschend, dass du deinen Freund Alois so schnell fallen lässt, ohne wirklich zu wissen, was passiert ist. Oder ihn wenigstens dazu gehört zu haben.

– Aber der Fall ist doch klar!

– Gar nichts ist klar! Wie soll das denn gehen? Der Mann spielt den ganzen Abend und soll dann so betrunken sein, dass er neben einer Leiche seinen Rausch ausschlafen muss? Was ist das denn für ein Blödsinn! Vorher fährt er noch Auto. Selbst wenn es hin und wieder Fälle gibt, dass heillos Betrunkene mit ihrem Auto davonfahren wollen, dann steigt da keine Frau zu, die den ganzen Abend lang weder getrunken noch gefeiert hat. Das ist doch ein absoluter Schmarrn! In der ganzen Geschichte ist doch überhaupt keine Logik.

Er hatte recht!

– Eine Absolution brauchst du nicht, aber einen Auftrag kriegst du von mir: Du kümmerst dich darum, dass herauskommt, was da los war!

Dann stand er auf und ging an den Kühlschrank.

– Jetzt, wo du schon da bist, probierst noch zwei, drei Sachen, die ich hingetüftelt habe.

Kurze Zeit darauf hatte ich drei feine Gläser Bier aus der klösterlichen Versuchsbrauerei vor mir stehen, mild, süffig und rund, dazu mit einem feinen Zitruston im Hintergrund. Der Unterschied lag in den Bitterstoffen, das mittlere war richtig gut, ausgewogen, nicht wie eine Zitronenbrause, sondern wie ein Pils, da stimmte alles. Ich nickte anerkennend.

– Das ist es! Glückwunsch.

Pater Willibald strahlte. Wir gönnten uns aus Genussgründen noch eine weitere Halbe. Dann machte ich mich gestärkt und beschwingt auf.

– Gossec!

Ich war schon fast aus der Tür, als er mich noch einmal rief.

– Wenn es wirklich so weit kommen sollte, finden wir hier schon eine Beschäftigung für dich. Aber im Prinzip ist das nichts für dich, du bist kein Mönch, Gossec, du bist ein …

Er stockte und überlegte. Gespannt wartete ich ab, was er nun sagen würde, aber er brach ab, schüttelte den Kopf und hob die Hand zum Abschied.

26

Am Hauptbahnhof stieg ich aus und ging den restlichen Weg zu Fuß durch die Goethestraße, um meinen Kopf durchzulüften und meine Gedanken zu klären. Zu gern hätte ich aus Pater Willibalds Mund gehört, was ich wirklich war. Aber vielleicht war es eine Wahrheit, die man lieber nicht aussprechen sollte. Ich schlenderte so dahin, als mir hinter der Schwanthalerstraße plötzlich ein Laden auffiel: *Henry Ratzl, Detektei, Recherchen und Wertsicherungen* stand dort in großen Lettern am Schaufenster. Dazu eine Telefonnummer mit dem Hinweis: *Tag und Nacht Sofortkontakt.*

Manche überlegen viel und wägen ab, bevor sie etwas tun, ich konnte das noch nie. In meinem Schädel gibt es einen starken Mechanismus, der in solchen Situationen sofort auf Autopilot schaltet. Da half auch Julius' Stoppschild nichts mehr. Ich zog mein Handy heraus und wählte Ratzls Nummer.

– Hallo, hier ist der Nachbar von gegenüber. Ich glaube, jemand versucht, Ihr Auto zu knacken.

Es dauerte nicht lange, da sah ich Ratzl und seine Kampfschildkröte aus dem Laden Richtung Schwanthalerstraße laufen. Ich fackelte nicht lange und ging in den Laden. Was ich dort wollte, wusste ich selbst noch nicht, aber klar war, dass ich ihm irgendetwas antun würde. Das Innere des Büros war eine Mischung aus verstaubtem Archiv und Hinterhofgarage. Akten, Pin-ups, signierte Fotos mit Danksagungen, ein grün schimmerndes Aquarium und auf dem abgetragenen Teppich ein Mops, dem es vollkommen gleichgültig war, wer im Laden stand. Ein Schlüsselbund steckte innen an der Tür, und alles Weitere ergab sich wie von selbst. Ich zog ihn ab und sperrte von außen zu.

Ratzl und sein Gehilfe standen am Wagen und schauten, ob es Spuren des Einbruchversuchs gab. Ich steckte die Finger in den Mund und pfiff. Ratzl erkannte mich auch auf die Entfernung sofort. Ich hob seinen Schlüssel hoch und klimperte ein wenig damit. Dann versenkte ich ihn im Gully vor mir und rannte los. Wenn ich verfolgt wurde, dann nur sehr nachlässig, schon am Beethovenplatz merkte ich, dass mir niemand mehr auf den Fersen war.

Am Goetheplatz drückte es von irgendwoher den Klang von Kirchenglocken herein, wahrscheinlich von St. Korbinian. Kurze Zeit später wusste ich, was Pater Willibald hätte sagen müssen: Ich war kein Mönch, ich war ein Krieger.

27

Um mich vor einer Revanche zu schützen, montierte ich anderntags einen Überwachungsspiegel an die Ladentür. Ich konnte so von der Theke aus sehen, wer mein Geschäft betrat. Für die Dunkelheit hatte ich Lampen mit Bewegungsmelder zur Verfügung, die mir Julius vor längerer Zeit schon eingebaut hatte. Sie waren nie wirklich zum Einsatz gekommen, waren aber problemlos zu reaktivieren, ich musste nur die Glühbirnen austauschen und den Sensor putzen.

Das erste Gesicht, das ich in dem Spiegel ausmachte, war das eines Schwarzen. Diesen Moment hatte ich gefürchtet, denn ich wusste nicht, wie ich mich verhalten sollte. Alois wirkte geknickt, seine ganze Selbstsicherheit war von ihm abgefallen, er schlich herein wie ein gebrochener Mann.

– Servus, Alois.

Er deutete auf mein Päckchen mit Tabak und drehte sich eine Zigarette. Dass er nichts redete, machte mich nervös.

– Wieso haben sie dich schon wieder rausgelassen?

Er blies den Rauch nach oben.

– Warum wohl? Weil ich es nicht war.

Seine Arme hielt er auf die Knie gestützt und starrte vor sich hin.

– Vor einer halben Stunde haben sie mich gehen lassen. Kriege ich einen Kaffee?

Ich nickte und setzte einen Espresso auf. Er hielt sich das Tässchen vor den Mund und blies, bis der Kaffee abgekühlt war. Dann trank er ihn in einem Zug.

– Mannomann, was für ein Horror!

Er goss sich aus der Kanne nach.

– Wie wäre es, wenn du mal etwas erzählen würdest? Also wie kommt es, dass du frei bist?

– Weil ich selbst ein Opfer bin. Mein Glück war, dass ich auf einem Bluttest bestanden habe.

– Verstehe ich nicht.

– K.-o.-Tropfen! Aber schon so viel, dass du einen Ochsen von den Beinen hättest holen können.

– Jetzt einmal von vorne!

– Ich habe meinen Gig zu Ende gebracht und wollte zusammenpacken. Zuerst habe ich dich gesucht, keine Spur! Wo warst du denn?

– Hinter dem Zelt auf einer Liege. Bin eine Weile lang eingenickt.

– Aha! Ich dachte, du hättest dich einfach aus dem Staub gemacht. Jedenfalls habe ich meinen Krempel eingeladen. Plötzlich steht Leila vor mir. Sie muss weg von hier, ob ich sie nach Hause fahren kann, sie hat Angst. Na gut, sage ich, ich bringe dich heim. Von hinten sehe ich, wie die zwei Gastgeber kommen. Kein Wort zu denen, sagt sie und setzt sich ins Auto. Die zwei sind ganz freundlich, wollen nur noch das Finanzielle mit mir regeln. Ich unterschreibe, kriege mein Geld und frage, ob alles gepasst hat. Super, sagt Bayerle. Plötzlich steht ein Haufen Leute um mich herum, alle wollen sie anstoßen. Irgendeiner von denen gibt mir ein Glas Champagner. Könnte sein, dass ich zwei Gläser getrunken habe. Jedenfalls geben wir uns noch die Hand, dann steige ich ein und fahre los.

– Und Leila?

– Neben mir auf dem Beifahrersitz. Eigentlich will ich von

ihr wissen, was los ist, aber auf einen Schlag geht es mir richtig schlecht. Mir wird schwindlig, Schweißausbruch, und ich komme mir vor, als hätten sie mich in Watte gepackt. Ich sage noch zu ihr, irgendwas haben die mir ins Glas gekippt, ich kann nicht mehr. Weit sind wir ja nicht gekommen, schon beim Hartmannshofer Wald haut es mir das Gestell zusammen, irgendwie setze ich den Wagen noch an den Straßenrand, falle fast aus der Tür, laufe ein Stück los, denke, ich brauche Luft, ich ersticke. Dann haut es mich irgendwohin in die Botanik. Ende, mehr ist nicht da!

– Der Champagner?

Alois zuckte die Achseln.

– Keine Ahnung! Auf der Bühne habe ich immer Alkoholfreies aus dem Krug getrunken, dass es nicht so ungemütlich wirkt. Hinter der Bühne ist meine Wasserflasche gestanden. Warm war es, und da trinkst du logischerweise ziemlich viel. Kann überall etwas drin gewesen sein.

– Und dann warst du in U-Haft?

– Ich wache geschlagene zwanzig Stunden später in einer Zelle auf und habe lange keinen Peil. Weiß noch nicht einmal mehr meinen Namen und meine Adresse. Kaum kann ich den ersten Gedanken fassen, bestehe ich darauf, dass ich getestet werde. Blut- und Urinuntersuchung. Und beide sind eindeutig.

– Aber es heißt doch, dass man Spuren an dir gefunden hat.

– Mit meiner Hand an ihrem Hals was abzukratzen, ist nicht schwer. Aber das Entscheidende ist, dass es sonst nichts gibt.

– Wie meinst du das?

– Wie wohl! Das soll doch nach Überfall aussehen, Mann wirft sich auf Frau. Aber da ist kein Sperma. Sie ist nicht vergewaltigt worden. Und in dem Zustand, in dem ich mich befunden habe, kannst du kein Stöckchen mehr halten, geschweige denn einer Frau den Hals umdrehen.

Ich stand auf und ging umher.

– Ich muss dich um Entschuldigung bitten. Ich habe wirklich geglaubt …

Alois winkte ab.

– … dass es das schwarze Schwein gewesen ist. Du bist mir ja ein schöner Freund, Gossec. Schon beim ersten wirklichen Problem gehst du mir von der Fahne!

– Und wer, glaubst du, hat sie umgebracht?

– Keine Ahnung. Was ist denn mit diesen Unterlagen, die du kriegen solltest?

– Bis jetzt nichts. Bei deiner Vernehmung hast du nichts mitbekommen, in welche Richtung die denken?

– Was ich in der Ettstraße über die ganzen Fakten erfahren habe, die sie mir vor den Latz geknallt haben, sieht das schon ziemlich stark nach einem Vergewaltigungsversuch aus. Sie wehrt sich heftig, der Täter würgt sie zu stark, weil er sie zum Schweigen bringen will. Es hat schon einige gegeben, die ziemlich scharf auf die Frau waren …

28

Ich fuhr ihn nach Hause. In einer der Nebenstraßen wurde gebaut. *Willkommen in Giesing, ihr Arschlöcher!* hatte jemand auf den Holzzaun gesprüht.

– Tust mir einen Gefallen, Gossec?

– Klar.

– Mein Auto steht noch am Hartmannshofer Park. Die Spurensicherung hat den Wagen freigegeben. Ob du ihn vielleicht abholen könntest?

Er gab mir die Schlüssel.

– KFZ-Schein liegt in der Ablage.

– Und was machst du jetzt?

Aus trüben Augen schaute er mich an.

– Schlafen, mindestens eine Woche lang.

Zu Hause überlegte ich kurz, aber es war besser, wenn ich das gleich hinter mich brachte. Ich holte das Kärtchen, das ich beiseitegelegt hatte, und wählte seine Nummer.

– Füllbier.

– Hier Gossec. Ich hätte zu meiner Aussage noch ein paar ergänzende Angaben zu machen.

– Aha! Das habe ich mir schon gedacht.

Ich erzählte ihm, wie ich Leila Backes kennengelernt hatte, und dass sie offenbar privat und beruflich in Schwierigkeiten steckte. Dass es ihr um ein großes Projekt der MCB gegangen sei, bei dem sie Betrügerei gewittert hätte. Dass Hulk wohl ihr Freund war, mit dem es eben deswegen mindestens kriselte. Und dass dieser Hulk auf mich einen ganz skrupellosen und brutalen Eindruck gemacht hatte.

– Haben Sie außer Mutmaßungen auch irgendetwas Handfestes anzubieten?

Ich erwähnte das Paket, das über all das Auskunft geben könnte.

– Sehr gut! Wir kommen und holen es ab.

– Moment! Es ist noch nicht eingetroffen.

– Schlechtes Zeichen. So, wie Sie das schildern, hätte das schon vier Tage gebraucht.

– Und wenn es abgefangen worden ist?

– In Sätzen, die mit einem Wenn beginnen, kann alles passieren. Und wenn das jetzt nur heiße Luft ist, was Sie mir erzählen? Insofern, Gossec, melden Sie sich, sobald Sie Fakten auf dem Tisch haben.

Da war nichts zu machen. Gelegentlich musste ich in der Broschüre, die in meinem Eso-Kasten stand, nachsehen, wie man durch ein Wurmloch das Universum wechseln konnte.

Anschließend machte ich mich mit der Tram zum Hartmannshofer Park auf. Alois' Wagen war nicht schwer zu finden, er stand am Straßenrand geparkt. Ich pflückte den Strafzettel von der Windschutzscheibe. Täglich schwärmte ein Heer von Politessen und Politeuren aus, um wie Ameisen durch die Stadt zu wuseln und aus ihren Kellner-PDAs Knöllchen zu servieren. Tatsächlich sind sie zumeist kleinwüchsig, denn wenn sie längere Arme hätten, könnten sie endlich auch Hummers und Monster-SUVs mit Strafzetteln versorgen.

Der Wagen war abgesperrt, jemand bei der Spurensicherung hatte mitgedacht, aber auch nicht so weit, dass es hilfreich wäre, ihn aus der Parkverbotszone zu fahren. Man hatte alles so belassen, auch im Park war der Bereich, in dem man Leila Backes gefunden hatte, noch mit Signalband gesichert. Als ich mich umdrehte, sah ich eine Politesse vor Alois' Wagen stehen. Geschätzte Größe eins fünfundsechzig, Einsatzgebiet demnach Kleinwagen. Sie tippte bereits Daten in ihren PDA.

– Stopp!

– Wer sein Fahrzeug verlässt oder länger als drei Minuten hält, der parkt, sagte sie, ohne aufzusehen.

– Mord!

Irgendeinen Warnschuss musste ich abgeben, um die Aufmerksamkeit dieser Dame zu gewinnen.

– Wo?

– Da!

Ich deutete auf den im Park gesicherten Bereich.

– Alter Hut!

– Aber der Wagen gehört dazu.

– Wenn die Halterin dieses Fahrzeugs ermordet wurde, wer sind dann Sie?

Ich klimperte mit den Autoschlüsseln.

– Die Ermordete ist in diesem Auto nur mitgefahren. Der Halter ist ein anderer. Und ich bin sein zur Abholung Befugter.

– Vollmacht, Ausweis?

– KFZ-Schein vorne in der Ablage.

Sie legte ihren PDA auf das Wagendach und sah nach. Vorsichtshalber betätigte ich die Löschtaste. Zügig setzte ich mich auf den Fahrersitz und ließ den Wagen an.

– Um einen Strafzettel werden wir trotzdem nicht herumkommen, sagte sie.

Dann drückte sie die Beifahrertür zu und nahm ihren PDA vom Dach. Ich winkte, wendete, beschleunigte und bog gleich in die nächste Seitenstraße ein. So gelangte ich auf direktem Weg in die Eichelhäherstraße, stand dann unschlüssig vor dem Anwesen und wusste nicht, wie ich vorgehen sollte. Der Dumme fragt, heißt es bei uns, das war in diesem Fall wohl zu dumm. Ich gab mir einen Ruck und fuhr nach Hause.

29

Die ganze Geschichte hatte noch keine Logik. Ich bin zudem ein ungeduldiger Mensch, der nicht für das Dasitzen und Warten ausgelegt ist. Ob das Paket irgendwann bei mir eintreffen würde, stand dahin. Meine beste Spur waren die von Leila erwähnten Projekte der MCB, hier konnte ich ansetzen. Das Haus, das der Verein für Soziales Wohnen betrieb, war bei mir ums Eck in der Kapuzinerstraße, genau an der Grenze, wo sich das feine Glockenbachviertel in die Ludwigsvorstadt auflöst. Eine gewiss nicht ungute Lage, die durch das schicke Quartier in der Nähe illuminiert wird, so wie die goldene Abendsonne auch einem schlichten Gemäuer noch Anmut gibt. Die gepflegte Grünanlage des alten Südfriedhofs in der Nähe, um auf den Bänken die PET-Biere des direkt im Haus ansässigen Discounters zu genießen, gegenüber die zentrale Arbeitsagentur, falls man sich wieder eingliedern wollte, eine ideale Verkehrsanbindung mit reichlich Metrobussen und einer gut ausgebauten Straße vor der Haustür, auf der man je nach Staulage in ein paar Minuten zum Hauptbahnhof durchstoßen konnte – so war für alle Bedürfnisse gesorgt. Und das Beste war, dass man vom Lärm und Getriebe der Großstadt kaum etwas mitbekam, weil man die Bewohner mit einer Balkonverglasung als Lärmschutz beschenkt hatte. Das Einzige, was ich vermisste, war die Spendierhose von MCB als Relief an der Hausmauer.

Die Tür unten stand offen, und ich ging hinein. Unter gut und gern zwanzig Briefkästen war reichlich Altpapier abgeladen. Die Verteiler der Gratiszeitungen schätzen, dass es in jedem Haushalt fünf Personen gibt, die ein eigenes Exemplar besitzen möchten. Diese Milchmädchenrechnung wird Reichweite genannt, denn der Packen, den sie einmal wöchentlich in den Hausflur werfen, wird in dem Moment zu Altpapier, wo er am Boden anlangt. Pizzadienste und Asiafood verfahren nach einer ähnlichen Rechnung, und wo ein Stapel liegt, wirft man den nächsten einfach obendrauf. Diese Printplaner haben immer noch nicht begriffen, dass der sozial prekäre Haushalt auch Gratisblätter nicht mehr liest, sondern lieber den ganzen Tag vor der Glotze hängt. Wer sich morgens eine Zeitung kauft, fasst einen solchen Anzeiger ohnehin nicht an. Ebenso wenig, wie man erwarten kann, dass sich jemand für zwei Euro eine Stunde lang abwatschen lässt, sollte niemand annehmen, dass ein Leser aus Dankbarkeit über die geschenkte Lektüre vier Stunden lang Anzeigen studiert.

Eine Frau watschelte an mir vorbei, die mir auf meinen freundlichen Gruß hin nur einen bösen Blick zuwarf. Ein stoppelbärtiger Mann im Unterhemd gab zwar freundlich Antwort, allerdings verstand er nicht, was ich fragte, und ich nicht, was er antwortete, weil unser Hirn mit unterschiedlichen Spracheinstellungen arbeitete. Aber wir gaben uns die Hand und blieben irgendwie Freunde.

Genau genommen stand ich nun ziemlich dumm da.

Also gab ich mir einen Ruck und stieg hinunter in den Keller. Ein buntes Schild, auf dem ein ballonartig geblähter Handschuh mit Däumling abgebildet war, wies darauf hin, dass da unten Sport getrieben wurde, die Trainingsanlage der *BoxKids* war wohl eines dieser Projekte, die darauf setzen, dass es sozial verträglicher ist, wenn sich die Jugendlichen im Ring statt auf der Straße vermöbeln.

30

Ich schob eine schwere Brandschutztür auf und versuchte, mir einen Überblick zu verschaffen. An der Wand waren Sandsäcke, Schlagbirnen und -bälle aufgehängt, im Eck standen Hantelbänke und ein Reckgerüst und in der Mitte, hell erleuchtet, ein Boxring.

– Komm rauf, rief eine Männerstimme, du bist doch der, der vorhin angerufen hat?

Ich hielt es für klüger, erst einmal nichts zu sagen, um mich nicht schon von vorneherein aus dem Spiel zu nehmen. Im Gespräch würde sich das alles klären lassen. Ich schattete mit der Hand meine Augen ab, um den Mann im Ring besser ausmachen zu können. Er trug eine Mütze, unter der allerdings graue Haarbüschel hervorlugten, dazu einen schlabbrigen Trainingsanzug und war für einen Boxer ungemein hager. Aber das Auffälligste an ihm war sein Gesicht, genauer gesagt: seine Gesichtshaut, faltig und narbig wie meine längst abgelegten Cowboy-Stiefel mit Krokoprägung.

Ich stieg in den Ring und streckte ihm die Hand entgegen. Er packte sie und knuffte mich anschließend in die Seite.

– Denk dran: Give it, get it! Vor allem aber: Respekt, achte den Gegner. Alles klar?

– Aber ich will doch gar nicht boxen.

Er streifte sich zwei Handschuhe mit großer gepolsterter Innenfläche über, die aussahen wie aufgepumpte Badelatschen.

– Muffe, was? Gilt aber nicht. Dir wird sowieso kein Härchen gekrümmt. Du streifst dir die Handschuhe über und versuchst, mich zu treffen. Mit den Pratzen …

Er wedelte mit seinen Handschuhen.

– … wir nennen die hier so, mit denen fange ich jeden Schlag ab. Also mach los, Memmenregel gilt hier nicht.

Ich schlüpfte in die Boxhandschuhe und schickte einen Schlag nach vorne.

– Hey, hey! Was ist denn das? Da hat ja meine Oma mehr Punch. Du sollst verdammt noch mal zuschlagen. Und zwar mit Schmackes!

Ich setzte einen kraftvollen Schwinger an, und da passierte es. Er machte einen raschen Schritt nach vorn, trat, wie ich später herausfand, auf einen im Ring liegenden Schlüsselbund, geriet ins Stolpern, ließ seine gepolsterten Pratzen sinken, kippte nach vorn und warf sich so förmlich in meinen Schlag. Ruckartig riss es ihm den Schädel zur Seite, er krachte anschließend auf beide Knie, hob noch einmal den Kopf, sodass ich in seine glasigen Augen blickte, und nuschelte etwas, was wie *Du Tier!* klang, dann fiel er wie ein nasser Sack zur Seite.

Das war mein erster K.-o.-Schlag im Ring.

31

In der Ringecke hing ein Handtuch, ich befeuchtete es mit Wasser aus der Trinkflasche und rieb ihm damit Gesicht und Nacken ab. Schließlich öffnete er die Augen, und ich setzte ihn auf.

– Wer bist denn du?

Er musterte mich und hob die Hand.

– Moment, sag jetzt nichts, muss erst mal einen Systemcheck durchführen.

Er deutete auf mich.

– Lorenz?

Ich schüttelte den Kopf.

– Aber heute ist Donnerstag?

– Dienstag!

Er rappelte sich hoch, zog die Mütze herunter und goss sich Wasser auf den Kopf.

– Schöne Scheiße: temporäre Amnesie. Hast du mich so umgenietet?

Ich nickte.

– Du bist ja wirklich ein Killer! Und wie heißt du jetzt?

– Gossec.

– Dienstag, sagst du?

– Genau.

Er sah auf die große Uhr, die unter der Decke befestigt war.

– Oh je, dann kommen jetzt gleich die fünf Buben zum Training. Wenn die mich so sehen, dann ist es aus mit dem Respekt.

Er packte mich am Hemd.

– Du gehst hoch und schickst sie wieder weg. Und ich verziehe mich rüber ins Büro auf die Liege.

Mühsam kroch er zwischen den Seilen hindurch und ging staksig in den Raum, an dem außen ein Schild mit der Aufschrift *Privat* angebracht war.

32

– Geht es wieder?

Er nickte, machte aber keine Anstalten, sich von der Krankenliege zu erheben, auf der er sich ausgestreckt hatte. In der Ecke stand ein Schreibtisch, darüber war ein Regal montiert, auf dem ein paar Pokale, versilberte Teller und sonstige Ehrengaben platziert waren. Den Gravuren zufolge hatte ich es mit Gustl Datz zu tun, dem ehemaligen oberbayerischen Vizemeister im Fliegengewicht.

– Bist so nett und machst uns einen Kaffee, dann bin ich wieder voll da. Da drüben steht alles.

Er deutete auf die Kaffeemaschine, die neben dem Waschbecken auf einem Beistelltisch untergebracht war.

– Nimm dir die Geschichte nicht so zu Herzen, das war ein Unfall, okay? Ich bin noch nie vorher im Ring gestanden.

– Umso schlimmer. Aber Unfall im Ring gibt es nicht, höchstens Ungeschicklichkeit.

– Du warst immer schon Boxer, wie es aussieht?

Er schüttelte den Kopf.

– Nach der aktiven Zeit war ich Sozialarbeiter, dann fünfzehn Jahre lang Streetworker, bis sie mich das Trainingscamp haben aufbauen lassen. Interessiert dich das?

– Eigentlich mehr, wie es im Haus zugeht. Wird ja von der Stiftung betrieben …

Er richtete sich auf.

– Schon. Miete zahlen wir nicht, aber alles andere ist Eigenleistung oder spendenfinanziert. Schau dir das Haus doch mal an, glaubst du, da geht eine Luxusvermietung in der Bruchbude? Und jetzt rechnest einmal nach: Der Bau ist zwar schon schäbig, aber noch relativ neu, kein Altbau, sondern ausschließlich kleine Wohnungen, so im Schnitt fünfunddreißig Quadratmeter. Jeder zahlt so fünfhundert Euro pro Einheit. Kulant für ein Appartement in der Gegend, aber nicht geschenkt. Vielleicht ein bisschen unter dem normalen Schnitt, aber du hast ja nichts außer Lärm und Abgasen.

Ich goss ihm Kaffee ein.

– Vierzehn Euro pro Quadratmeter, wo ist denn da der Caritasansatz?

– Ein Stockwerk ist frei für schwere Sozialfälle. Die dürfen ein Jahr lang mietfrei wohnen. Wieso willst du das alles wissen?

– Eine Freundin von mir ist bei MCB unter die Räder gekommen, jetzt muss ich denen auf den Zahn fühlen. Und wem gehört was im Haus?

– Das Haus selbst gehört der MCB. Die geben es an die Stiftung zur Verwaltung. Mieteinahmen fließen an den Besitzer zurück. Ein bisschen öffentliches Geld gibt es auch, schließlich sind wir hier ein Assi-Park.

– Geld wofür?

Er grinste und deutete mit dem Daumen nach draußen.

– Hinterhofbegrünung, Fahrradständer, was der Mensch in einer Notlage eben so braucht. Und alle Verträge sind erst mal auf zehn Jahre befristet, auch unserer. So schaut es aus!

33

Auf dem Heimweg ließ ich mir alles noch mal durch den Kopf gehen, aber da wurde nichts anderes daraus: Die MCB gab sich in ihrem Stiftungsprojekt mit einer mäßigen Rendite zufrieden und erntete maximales Renommee, was sich vielleicht auch wieder geschäftlich nutzen ließ, in München zumindest, wo sich Freundeskreise aus Personen bilden, wo jeder die Hand in der Tasche des anderen hat. Der Depp ist immer der Letzte in der Kette.

So gesehen hatten wir in der Fleischerstraße das große Los gezogen, die letzte Mieterhöhung war mir vor fünf Jahren zugestellt worden. Ich hatte einfach keine Antwort darauf gegeben und damit erledigte sich die Sache von selbst. Rübl, unser Hausbesitzer, früher Inhaber einer Autolackier-Werkstatt, schlidderte immer hart an der Demenz entlang. In klaren Phasen engagierte er sich einen bissigen Anwalt, der sofort Mieterhöhungsbriefe an alle Mieter schickte, beim nächsten Treffen erkannte ihn Rübl nicht mehr und drohte ihm Prügel an, wenn er ihn weiter so mit seiner Klugscheißerei traktieren würde. Ich bezahlte sieben Euro pro Quadratmeter, und diese Miete entsprach meinem persönlichen Gerechtigkeitsempfinden vollkommen, denn an meiner Wohnung und meinem Laden war zuletzt von Rübls Mutter zu Willy Brandts Zeiten etwas hineinrepariert worden, seither machte ich alles selbst, Anstrich, Installationen, Heizung und was sonst noch alles anfiel. Außerdem hatten wir im Haus eine Fürsorgepflicht für den alten Rübl, in seinen Verwirrtheitsphasen wurde er mitversorgt, natürlich im wohlverstandenen eigenen Interesse, denn hätten sie ihn ins Heim verfrachtet, hätte uns irgendein Verwalter die Daumenschrauben angelegt.

Zurzeit war Rübl wieder ganz munter, saß im weißen Feinripp auf seinem Lieblingsplatz im Hof, die schütteren Haare zu einer Stenzfrisur hindrapiert. Nachmittags ging er gern in die Garage, um nach seinen Zündapp-Mopeds zu sehen. Da gab es immer etwas zu polieren oder zu ölen. Dass er eine Maschine auch mal ein halbe Stunde knattern ließ, musste man hinnehmen. Schlimmer war es, wenn er einfach davonfuhr. Letztes Jahr war er auf seiner rot-weißen Super-Combinette über die Isar bis nach Grünwald durchgebrochen. Dann allerdings verließ ihn sein auf das Schlachthofviertel geschrumpfter Orientierungssinn, und ich holte ihn, von einem aufmerksamen Passanten verständigt, mit meinem alten Mercedes-Bus ab. Diese guten Taten führten nicht dazu, dass er sich dauerhaft meinen Namen hätte merken können. An manchen Tagen begrüßte er mich mit einer vollständigen Anrede und erkundigte sich, wie denn mein Laden so laufe, an anderen blieb er bei einem *Herr … äh …* hängen.

34

Julius findet alles im Netz, egal, ob es sich um nackige Frauen mit Schnurrbart oder unterirdische Outlets handelt. Nach seiner Einschätzung gehöre ich zu den computertechnisch Unterbelichteten, die das, was ihnen am Rechner widerfährt, wie

UFO-Phänomene beschreiben: Nie gesehene Objekte tauchen auf, und Stimmen sind zu vernehmen, die Aktionen einfordern, die unweigerlich dazu führen, dass hinterher alles kaputt ist. Der Geist des Rechners ist so schlau, solche Zwischenfälle nie in Gegenwart von Julius zu provozieren. Seine Opfer sind nur Schwache und Unwissende wie ich. Wie jeder Experte maßt sich auch Julius an, alles, was er nicht selbst wahrnimmt, sondern nur erzählt bekommt, ins Reich der Fabel zu verdammen. Auch sonst findet er meinen Umgang mit diesen Geräten albern. Als er neulich wollte, dass ich den Rechner einschalte, sträubte ich mich, weil ich ihn gerade vorhin heruntergefahren hatte. Aus pädagogischen Gründen startete er den Computer fünfmal hintereinander, nur um mir zu zeigen, dass die Maschine dumm ist und mir nichts nachträgt, wenn ich sie aus- und gleich wieder einschalte.

Ohne ihn ging das alles wesentlich behäbiger vonstatten, aber auch ich schaffte es schließlich herauszubekommen, dass die MCB regelmäßig Informationsveranstaltungen im Eden Hotel Ritz abhielt. Zur Teilnahme war eine verbindliche persönliche Anmeldung erforderlich. Ich überlegte lange, wie ich mich dort am besten präsentieren könnte. Von dem leeren Online-Formular wanderte mein Blick zu der Kleiderstange, an der ich Theaterkostüme aushängen hatte. Vor langer Zeit hatte ich die Reste einer ausgelaufenen *Faust*-Inszenierung übernommen. Das Stück sei zu plakativ in Szene gesetzt und voll plumper Anspielungen, hieß es. Ich gehe nicht ins Theater, aber wenn man Fausts Talar und das Dirndl von Gretchen sah, war diese Kritik durchaus nachvollziehbar. Das Kostüm des Mephisto allerdings schien mir sehr gelungen: ein gut geschnittener schwarzer Anzug mit violettem Kragen und ebensolchen

Knöpfen. In dieser Verkleidung war ich bereits früher einmal unterwegs gewesen, mit Erfolg, fand ich, das Gewand passte wie angegossen.

Also tippte ich in das Formular den Namen *Alois Beisel* ein, nannte als Beruf *Prälat*, gab als Firma das *Erzbischöfliche Liegenschaftsamt* an und hoffte, dass Pater Willibald nie davon erfahren würde.

Zwei Tage später kam schon morgens die Zuversicht über mich, dass ich Emma wiedertreffen würde. Dieses seltsam unerschütterliche Gefühl machte mich froh und bänglich zugleich, aus welchen Tiefen meiner Psyche es hervorgekrochen war, verstand ich nicht. Als ich dann aber nachmittags in den Anzug schlüpfte und mich vor den Spiegel stellte, war es, als stünde sie hinter mir. Endlich begriff ich, dass ich sie damals genau so kostümiert kennengelernt hatte. Wenn man sich erst mal auf die Schliche gekommen ist, ist es geradezu peinlich, wie simpel, ja grobschlächtig man funktioniert. Das scheinbar so komplexe Geflecht von Fühlen, Denken und Handeln ist evolutionär nicht weit weg von den Verhaltenszwängen eines Dackels, der an jeder Ecke sein Bein hebt, um das Revier zu markieren.

Schließlich machte ich mich in meiner Prälatenausstattung Richtung Innenstadt auf. Mir war mulmig, ich kam mir vor wie für einen Maskenball ausstaffiert. Nach und nach beruhigte ich mich, weil ich feststellte, dass kaum ein Passant Notiz von mir nahm. Das war ein gutes Zeichen! Am Ampelübergang zu St. Anton begegnete mir ein Mitbruder, ein Franziskaner in schwarzer Kutte, der in einer Art von geistlicher Anmaßung die Straße bei Rot überquerte. Er sah mich stehen und erschrak.

– Ignosce mihi, Pater, quia peccavi!

Da Gott dem Moses zwar die Zehn Gebote, aber nicht die Straßenverkehrsordnung übergeben hat, nickte ich ihm nur kurz zu und ging dann zufrieden und innerlich gestärkt meines Wegs, weil ich sah, dass meine Verkleidung funktionierte.

35

Die Veranstaltung fand im Zunftsaal des Hotels statt. Am Eingang wurde man von einer Vertriebsassistentin in Empfang genommen, die sich nach dem Namen erkundigte und jedem eine Mappe mit Stift, Notizblock und einem Prospekt von MCB aushändigte.

– Monsignore Beisel, schön, dass Sie gekommen sind. Darf ich Ihnen meinen Kollegen Amselfeld vorstellen?

Der Kollege Amselfeld stand hinter ihr, mit seinem Stiernacken, dem Rundrücken und den hängenden Schultern sah er wie ein Hinkelstein auf zwei Beinen aus. Er reichte mir die Hand und deutete eine etwas hüftsteife Verbeugung an. Am Revers seines Zweireihers war das Namensschild *Hugo Amselfeld* mit dem Funktionszusatz *Vertretungsgebiet Süd* angeklemmt.

– Große Ehre, Monsignore, sagte er, aber ein kurzer Anruf hätte genügt, und ich wäre bei Ihnen vorbeigekommen.

– Glaube ich gern, aber Ihre Darstellung in der Öffentlichkeit spielt für uns durchaus eine Rolle.

– Verstehe. Dann stehe ich Ihnen hinterher natürlich gern zur Verfügung.

In einer oft geübten Bewegung knöpfte er das Jackett auf, das sich, nun jeder Spannung ledig, wie ein Theatervorhang öffnete und zog aus der Innentasche eine Visitenkarte hervor. Wieder deutete er eine Verbeugung an.

– Wäre mir ein Vergnügen, Sie weiter beraten zu dürfen.

– Besten Dank.

Ich hob die Hand und spreizte seelsorgerisch Zeige- und Mittelfinger nach oben, als wolle ich zu einer Segnungsgeste ansetzen. Dabei fiel mir auf, dass ich keinerlei klerikalen Goldschmuck angelegt hatte. Ich musste mich in Acht nehmen, auch wenn er es nicht unmittelbar zu benennen wusste, merkte der Gläubige doch irgendwann, dass es keinen Ring gab, den er mit der Bitte um Vergebung küssen könnte. Außerdem wirkten meine Hände handwerkermäßig grob und waren nicht von dieser gepflegten Zartheit, die beim Falten so wohltuend ins Auge fällt.

– Welchen Platz darf ich Ihnen anbieten?

Um das Rednerpult herum waren gepolsterte Stühle aufgestellt. Dahinter hing eine große Leinwand von der Decke, auf die der Beamer das goldfarbene MCB-Logo mit Zierflämmchen auf blauem Grund warf.

– Ich halte mich gern ein wenig im Hintergrund.

Ich nahm in einer der hinteren Reihen Platz. Von dort aus hatte man nicht nur das Rednerpult, sondern auch die Teilnehmer der Veranstaltung im Blick. Amselfeld platzierte sich schräg dahinter, er war offenbar direkt auf mich angesetzt worden. Ich sah ihn zwar nicht mehr, aber ich roch ihn. Alle Vertriebsleute sind vom selben Schlag, egal, ob sie Bürsten und Borsten oder Luxusjachten verticken. Einen Abschluss zu tätigen, ist Stress, keinen hinzubekommen, noch mehr Stress. Im

Außendienst sitzt man ganztags hinter dem Steuer und fährt von Kunde zu Kunde. Zeit ist knapp, schon gar, um etwas zu essen. Also checkt man kurz zur Bratwurst, zum Döner oder zur Bulette ein. Abends hockt man mit seinesgleichen an der Hotelbar, trinkt auf die errungenen Siege oder spült die Niederlagen herunter. Morgens früh um sechs steht man halbtot unter der Dusche und besprüht anschließend den welken Leib mit Deodorant, um sich odeurmäßig auf die Erfolgsspur zu bringen. Und genau so saß Amselfeld hinter mir und schwitzte wie ein Duftstein das Gemisch aus *Amber 'n' Musk for Men* und seinem Imbissbuden-Fraß aus.

36

Der Raum hatte sich mit Besuchern gefüllt. Ich sah mich um, die Interessenten waren fast durchweg einfache, meist schon ältere Leute, die heute noch Miete und Rundfunkgebühren persönlich auf der Post einzahlen würden, wenn man sie ließe. Einige wenige schicke Herren mit Gattin waren vertreten, aber solche wie ich, die man als institutionelle Anleger bezeichnen würde, waren überhaupt nicht auszumachen. Der Referent stellte sich als Hannes Vorderwülbecke vor, und schon in den ersten Worten schwang unüberhörbar ein rheinländischer Singsang mit. Mit seinem Lockenkopf, dem Schnäuzerchen und seinem frechen Humor war er klug besetzt, denn er war vom Typ her der süße Teddybär, dem Frauen gerne mal die Brustwolle kraulen. Ich tippte darauf, dass er sich die ersten

Sporen auf Kaffeefahrten verdient hatte, wo Rheumadecken, Gemüsehobel, westfälischer Rauchschinken und Landleberwurst in Dosen an das Publikum gebracht werden mussten.

– Warum sollten Sie in einen Immobilienfonds einsteigen? Hat da jemand eine Antwort darauf?

Er sah sich um, aber niemand fühlte sich zu einer Reaktion veranlasst.

– Macht nichts, deswegen sind wir ja hier. Schon in dem zusammengesetzten Wort stecken zwei Fragen drin: Erstens Immobilien, zweitens Fonds? Investieren können Sie heute in alles, in Schweinebäuche, in Wettervorhersagen, in Kunst, in Wechselkurse. Da gibt es einige, die groß abgesahnt haben, aber wir wissen auch, dass sich noch mehr Leute damit ordentlich verhoben haben. Und warum? Schon mal aus Prinzip. Diese Investitionen sind wie Wetten. Der eine setzt sein Geld darauf, dass seine Fußballmannschaft gewinnt oder das vom ihm favorisierte Pferd das Rennen macht. Dazu muss einer Geld in die Mitte legen, und ein anderer muss mit demselben Betrag dagegen halten. Wenn Sie das begriffen haben, ist Ihnen klar, dass da logischerweise eine Menge von Spekulanten ein dickes Minus machen. So und das wollen wir jetzt schon mal festhalten: So etwas kriegen Sie von uns nicht, wir von der MCB sind keine Zocker! Und jetzt passen Sie mal auf!

Er ging zum Flipboard und schrieb *> 200%*.

– Das ist die durchschnittliche Wertsteigerung einer Immobilie, die neunzehnhundertfünfundsiebzig in München gekauft wurde: Mehr als zweihundert Prozent. So, jetzt sind Sie am Zug: Welche andere Anlage bietet das?

Er sah sich um, alle schwiegen.

– Na also! Und jetzt sage ich Ihnen noch etwas, was zumindest die ältere Generation immer schon wusste: Eine Immobilie ist was Festes. Wenn wir ein Haus kaufen, da können Sie hingehen, den Grund abschreiten, an die Mauer klopfen. Da steht was, da bleibt was, da hat sich Ihr Geld in Grund, Boden und Mauerwerk verwandelt. Deshalb: Wir von der MCB sind so solide wie schwäbische Häuslebauer!

Er nahm einen Schluck Wasser und warf einen Blick auf das Publikum, das bereits animiert wirkte.

– Kommen wir zur zweiten Frage: Was ist ein Fonds? Ist keine Schande, wenn Sie das nicht wissen. Ich erkläre es Ihnen.

Er ging nach vorne zur ersten Stuhlreihe.

– Da bräuchte ich jetzt Ihre Mithilfe.

Fast alle schauten geradeaus oder starrten auf den Boden. Nur ein älterer Herr hielt seinem Blick stand.

– Wie wäre es denn mit Ihnen?

Er zuckte die Achseln.

– Keine Angst! Ich muss nur Ihren Namen wissen, ansonsten sagen Sie einfach immer nur Ja!

– Jakub, stellte sich der ältere Herr vor.

– So, Herr Jakub, jetzt nehmen wir an, Sie bringen Ihr Erspartes zur Bank. Sie wollen ja Ihr Geld vermehren!

Er legte die Hand an das Ohr.

– Ja, antwortete Jakub.

– Was können Sie mir denn an Zinsen bieten, fragen Sie den Banker. Der holt gelangweilt eine Liste aus der Schublade und deutet auf die Zahl: satte null Komma zwei-fünf Prozent! Ich würde sagen, Sie stehen auf und verlassen die Bank, oder?

– Ja.

– Nach Ihnen kommt Gelderjahn, einer mit ganz dicker Hose. Mit so einem möchten wir alle gerne mal tauschen?

– Ja.

– Sagt Gelderjahn zum Banker: Unter vier Prozent können Sie das Ding vergessen. Sonst kaufe ich eben die ganze Klitsche hier, dann kriege ich meine Prozente, und Sie schicke ich nach Hause. Der Banker steht auf, macht einen Bückling und sagt, dass er mal kurz mit dem Chef sprechen muss.

Vorderwülbecke blickte triumphierend um sich.

– Verstanden? Ein Fonds funktioniert so, dass alle ihr Geld in die Mitte werfen, damit wir zusammen auf dicke Hose machen können.

37

Auf dem Weg nach Hause dachte ich darüber nach, was ich auf der Veranstaltung erlebt hatte. Ich glaubte, nun ein ganzes Stück weit besser verstanden zu haben, wie die MCB funktionierte: Sie beschäftigten eine aggressive Drückerkolonne, die sich nicht scheute, Oma und Opa das Geld aus der Tasche zu ziehen. Der Fonds war offenbar nicht nur für Finanzhäuser und andere institutionelle Anleger interessant, die MCB umwarb auch die kleinen Vermögen und Sparbücher und bemühte sich daher um Popularität. Sie machten auf Masse. Aber wo war der Haken, vor allem wo war das große Projekt, von dem Leila gesprochen hatte? Was ich bisher gehört hatte, interessierte allenfalls den Verbraucherschutz.

Amselfeld war nach der Veranstaltung zu mir gekommen, um nachzufragen, wie die Informationen bei mir angekommen seien. Gestärkt durch die Würde meines angemaßten Amtes sagte ich ihm ohne Umschweife, dass das Theaterstadel für Ahnungslose gewesen sei. Unterste Schublade. Er wurde bleich und zerrte an seinem Kragen. Ich solle ihnen noch eine Chance geben, bat er, und mich von ihm in einem Vieraugengespräch von dem Potential und der Performance des Fonds überzeugen lassen. Dabei trat er ganz nahe an mich heran, dass mir seine Ausdünstung von parfümiertem Gammelfleisch in die Nase stieg. Ich schob ihn von mir und sagte, ich würde ihn gelegentlich anrufen. Er wiederholte seine linkische Verbeugung und fügte hinzu, er bitte darum.

Ich überquerte den Marienplatz, inzwischen war es früher Nachmittag, und erneut wehte es diese linde südliche Luft von der Isar her. Und schon wieder erfassten mich wehmütige Gedanken an Emma. Was ist da nur bei einem Menschen wie mir schiefgelaufen? Wenn sie da war, konnte ich nichts mit ihr anfangen, wenn sie weg war, fehlte sie mir. Dieser Widerspruch konnte nur durch Arbeit, Askese oder Alkohol aufgelöst werden. Sicher war es für meine Mitwelt ein Segen, dass ich im Moment ganz auf Arbeit setzte. Im Wohlgefühl, auf der Seite des Guten zu stehen, gönnte ich mir das Vergnügen, die jungen Frauen, die an mir vorübergingen, zu begutachten. Ich stellte fest, dass ich inzwischen auf das Alter zusteuerte, in dem ich fast jede attraktiv fand, zumal der gereifte Mensch gerne bereit ist, über diesen oder jenen Fehler großzügig hinwegzusehen. Aber natürlich gab es immer noch einige wenige, die so in einen Kokon von Unglücklichsein eingesponnen waren, dass man auch geistig die Finger von ihnen ließ.

Bei solchen Gelegenheiten prüfe ich mich immer wieder aufs Neue, ob junge Frauen auch früher schon so schnell gesprochen haben. Meiner Erinnerung nach war dem damals nicht so. Wahrscheinlich kam dieser Hochgeschwindigkeitsmodus in Schlumpftonlage durch die anfangs horrenden Handy-Gebühren zustande: Um Geld zu sparen, mussten diese armen Wesen möglichst viel in kurzer Zeit sagen. Irgendwann verschwand dann zwar der unmittelbare Zwang, aber da war diese Unart schon habituell geworden und wurde auf die jeweils Jüngeren übertragen. Mit einer vernünftigen Flatrate zu Anfang des mobilen Telefonierens wäre viel Schaden von der jüngeren Generation abzuwenden gewesen.

Dem Drang, zum Viktualienmarkt hinunterzugehen und mir zwei Fischsemmeln mit reichlich Zwiebeln zu holen, gab ich nicht nach. Einem Prälaten mit seinen feinen Fingerchen ziemte das nicht. Wie hätte das gehen sollen? Dastehen wie der schiefe Turm zu Pisa, damit der Essig auf das Pflaster tropft und nicht auf den feinen Frack? Ein Prälat kann nur Speisen zu sich nehmen, die er selbst mit Messer und Gabel auf dem Teller portionieren oder mit einem Happs im Mund verschwinden lassen kann. Auf dem letzten Christkindlmarkt hatte ich eine feine ältere Dame im Pelz beobachtet, die dem Gelüst nach einer Thüringer in der Semmel nachgegeben hatte. Und dann stand sie da, von vorne ging gar nichts, weil das Teil so unanständig aus der Semmel ragte, das Ding von der Seite her anzuknabbern, führte nur dazu, dass sie sich mit Senf beschmierte. Also schmiss sie die Brotzeit, wie gekauft, in den Abfalleimer.

Über den Oberanger kam ich zum Jakobsplatz, dort waren die Tische bereits im Freien aufgebaut. Erst auf den zweiten Blick erkannte ich ihn, weil er in der hintersten Reihe saß: Der Franziskaner, der vorhin bei Rot die Straße überquert hatte, rührte mit einem Cocktailstäbchen in einem Getränk, das ein Experte wie ich sofort als Wermut identifizierte. Mit Eis und Zitrone. Ich nahm mir vor, bei nächster Gelegenheit Pater Willibald zu fragen, ob die Regel des heiligen Benedikt oder die des Franziskus es gestattet, dass der Mönch am helllichten Nachmittag im Stadtcafé einen Aperitif trinkt.

38

Irgendetwas kam mir komisch vor, als ich in die Fleischerstraße einbog und auf meinen Laden zuging. Ein mir unbekannter Kombi stand davor, mit zwei Rädern auf dem Gehsteig. Drinnen im Laden meinte ich eine Bewegung wahrgenommen zu haben. Dass man versuchte, mich zu beklauen, war nicht neu. Besonders dreiste Diebe sind sogar schon mit dem Lieferwagen im Hof vorgefahren. Ich dachte daher, es sei klug, mich von hinten her anzuschleichen, um die Lage zu sondieren.

Meine Schlösser sind gut geölt, und es klackte noch nicht einmal, als ich den Schlüssel umdrehte. Sacht drückte ich die Klinke und schob die Tür auf. Alles war ruhig, nichts war zu sehen. Ich schloss die Tür und bewegte mich auf leisen Sohlen vorwärts. An der Garderobe tastete ich nach dem Spazierstock meines Großvaters. Im Inneren dieses knotigen Stocks befand sich eine lange Klinge. Eine solche Waffe taugt nicht viel, aber sie ist für eine Überraschung gut. Meine Hand ging ins Leere, stattdessen bekam ich einen scharfen Hieb in die Kniekehlen.

Ich sackte sofort zusammen, dann erhielt ich einen Tritt in den Rücken, ein dicker, heftig schnaufender Kerl zog meine Arme nach hinten und umwand die Handgelenke mit einem Klebeband.

– Heb ihn auf, Kalle!

Im Gang ging das Licht an, aus meiner Küche trat Henry Ratzl. Der Triumph, endlich am Drücker zu sein, hatte seine Gesichtszüge entgleisen lassen, sie waren von einer Maßlosigkeit, wie man sie sonst nur von Insassen des Führerbunkers kannte.

– Mach ein Feuer im Westen und greif dann im Osten an!

Kein Zweifel, ich war in eine Falle getappt, nicht weniger, aber auch nicht mehr, das Feldzuggehabe existierte nur im Hirn dieses aufgeblasenen Egos. Kalle, seine Kampfschildkröte, packte mich und stellte mich auf die Beine. Mit Knüffen dirigierte er mich in den Laden hinüber. Das Schnaufen dieses widerlichen Kerls klang geradezu erregt, endlich hatte er mich am Wickel. Sie platzierten mich auf dem Stuhl hinter der Ladentheke und klebten mich an den Stuhlbeinen fest.

– Du rührst dich nicht vom Fleck, von außen sieht das gut aus. Und wir nehmen uns jetzt mal in aller Ruhe dein Lager vor, ob sich da nicht unser Teppich findet.

Ratzl rieb sich die Hände. Dann gingen sie daran, alle Räume samt Keller zu filzen. In mir brodelte der Ärger, zumal ich wusste, dass diese beiden Idioten nichts finden würden. Aber in meinem Laden überfallen zu werden, wollte ich nicht ohne Gegenwehr hinnehmen.

Angestrengt blickte ich nach draußen, vielleicht konnte ich einen Passanten dazu veranlassen, mir zu helfen. Aber so war es, und so blieb es: Wenn man seine Mitmenschen am nötigsten hat, sind sie nicht da. Nach einer Weile sah ich durch die Fenster der geparkten Autos hindurch einen Mann im schwarzen Gewand auf der anderen Straßenseite. Sein Gesicht konnte ich nicht erkennen, aber auch so wurde mir klar, dass mir heute nun schon zum dritten Mal der Franziskaner über den Weg lief. Diese Häufung war kein Zufall mehr.

Endlich fuhr ein gelber Wagen vor, ein Paketbote in kurzen Hosen sprang vom Fahrersitz, bestieg den Laderaum und fuhr mit einer Sackkarre auf meinen Laden zu. Ich konzentrierte alle geistige Energie, die ich hatte, zu einem Strahl und versuchte, ihn zu mir zu dirigieren. Es klappte tatsächlich, ob ich ein Wunder vollbracht hatte oder er auch ohne mein Zutun sein Frachtgut bei mir abgeliefert hätte, ließ sich nicht mehr entscheiden. Der Urgrund allen Geschehens entzieht sich der Durchdringung durch den menschlichen Geist. Jedenfalls hob er ein Paket von seiner Karre und wollte meinen Laden betreten. Der aber war verschlossen. Ich gab ihm mit dem Kopf ein Zeichen, er möge doch über den Hintereingang in meinen Laden kommen. Mit seiner Hand beschrieb er den Weg um das Haus, ich nickte heftig, er zuckte die Achseln und ging los.

Der Mann war meine Rettung!

Wenig später wurde die Hintertür geöffnet, hüpfend brachte ich mich auf dem Stuhl in eine Position, von der aus ich ihn hereinkommen sehen würde. Aber meine Hoffnungen zerstoben.

– Ja, wen haben wir denn da?, fragte Ratzl draußen.

– Paket für Gossec, antwortete der Bote.

Sie kamen nach vorne in den Laden.

– Sehr gut, dann können wir gleich vor Ort den Fall mit dem Teppich klären.

– Mit mir klären Sie gar nichts, ich liefere mein Paket ab, dann bin ich wieder weg.

Ratzl schüttelte den Kopf.

– Irrtum, wir ziehen das Ding hier durch. Wer uns in unserer Agenda zu behindern versucht, hat Pech gehabt. Kalle, fixiere ihn doch mal.

Kalle packte ihn, zwang ihn auf einen weiteren Stuhl und klebte ihn genauso fest wie mich. Selbstzufrieden betrachtete er das Resultat seiner Aktion und lächelte so faltig und schmallippig wie eine Ninja Turtle. Spätestens jetzt musste man am Verstand dieser Rabauken zweifeln.

Aber ich war bereits abgelenkt und konnte an nichts mehr anderes als das Paket auf dem Tisch denken. Ich hatte keinen Zweifel, dass es die lang erwarteten Unterlagen von Leila Backes waren.

– Um diese Zustellung geht es!

Ratzl zog eine Kopie der Zustellungsquittung aus der Tasche und hielt sie dem Boten hin. Er warf einen kurzen Blick darauf.

– Kann ich nichts dazu sagen. Ist die Signatur von meinem Kollegen.

– Ich denke, das ist Ihr Bezirk?

– Wir wechseln uns ab.

– Der verscheißert uns doch!

Zum ersten Mal hörte ich Kalle sprechen.

– Störe ich?

39

Durch den offenen Hintereingang war Alois in den Laden getreten. Er hielt seinen Hut in der Hand und verbeugte sich sogar ein wenig. Erst jetzt fiel ihm auf, dass der Paketbote und ich in einer misslichen Lage waren. Erstaunt musterte er einen kurzen Moment lang die beiden Eindringlinge, dann zog er sich geschmeidig zurück, um zu verschwinden. Aber Kalle wetzte mit der Antrittsschnelligkeit eines Sumoringers hinterher. Draußen gab es ein Gerangel, dann schleppte er Alois wieder herein. Man sah, wie sich Ratzl mit der süßen Droge des Größenwahns vollpumpte.

– Heute wird durchgegriffen und aufgeräumt!

Kurz darauf saß Alois auf dem dritten Stuhl neben uns, auch ihn hatten sie mit Klebeband fixiert.

– Jetzt bin ich mal gespannt, wie du aus der Nummer wieder rauskommst!

Ratzl fuhr herum.

– Mit fünfhundert Euro in bar von dir oder Ersatzwerten. Unser wichtigster Werbeträger ist der Erfolg.

Im Hintergrund war ein Räuspern zu hören. Ratzl fuhr herum und erstarrte.

– Diese Chance haben Sie schon längst versiebt.

Kriminalhauptmeister Füllbier stand in der Tür. Vermutlich hatte er sich die Szene schon länger angesehen.

– Gut, dass du kommst, Herrmann. Ich habe da einen besonders frechen Fall von Zahlungsverweigerung …

– Als Kollegen waren wir per Du, heute bin ich für Sie

Kriminalhauptmeister Füllbier. Nach meinem Dafürhalten liegt hier eher eine freche Amtsanmaßung vor. Nötigung, Freiheitsberaubung. Seit Ihrer Suspendierung vom Dienst sind Sie kein Organ der Rechtspflege mehr. Schneiden Sie das Klebeband auf …

– Messer ist in der Schublade, ergänzte ich.

– … und sollte auch nur einer der drei eine Anzeige erstatten, können Sie Ihr Gewerbe endgültig in die Tonne treten. Dann sorge ich dafür, dass in Ihrem Laden wieder Gemüse verkauft wird. Ist das klar?

Ratzls Blick hatte etwas Flehentliches, als er sich über mich beugte, um mich loszuschneiden. Ich erhob mich und streckte meine Arme, um die Blutzirkulation wieder in Bewegung zu bringen. Dann packte ich Ratzl am Revers.

– Ihr habt mein ganzes Lager auf den Kopf gestellt. Wo ist er jetzt, der Teppich?

Ich schüttelte ihn.

– Nicht da.

– Gibt es sonst einen brauchbaren Hinweis darauf, dass ich das Teil haben könnte.

Er schüttelte den Kopf.

– Also verpisst ihr zwei euch jetzt ganz schnell aus meinem Laden. Und wenn ich eure Visagen auch nur aus der Ferne noch mal sehe, seid ihr dran. Klar?

40

– Na also!

Füllbier wirkte zufrieden. Offenbar wäre es ihm lästig gewesen, Ratzl und seine Kampfschildkröte belangen zu müssen.

– Dann können wir uns ja endlich dem Paket zuwenden.

– Woher wissen Sie denn das?, fragte ich ihn.

Er wiegte den Kopf.

– Man möchte ja nichts dem Zufall überlassen.

Der Paketbote stieß mich in die Seite und hielt mir seinen Handheld hin.

– Kriege ich jetzt endlich eine Unterschrift?

Beim Unterzeichnen verdichtete sich eine Vermutung. Ich wandte mich wieder Füllbier zu.

– Vielleicht bringen Sie dann auch Ihrem Kollegen bei, dass Franziskaner am Nachmittag keinen Wermut trinken.

Füllbier wurde schmallippig.

– Das Paket!

Ich schnitt die Schnur auf und entfernte das Packpapier. An der Schachtel zeichneten sich außen Fettflecke ab. Als ich sie öffnete, breitete sich ein bestialischer Gestank aus. Alois hielt sich die Nase zu. Am Boden des Pakets lagen zwei graue Ringe in einer Plastiktüte. Sie waren mit einem weißgrünen Schimmelpelz überzogen. Ich fischte die Karte daneben heraus.

– Lesen Sie schon vor, sagte Füllbier.

– Lieber Gossec, anbei zwei Hausmacherleberwürste vom Metzger aus Drachselbruck. Kannst du kalt zur Brotzeit oder

warm zum Kraut oder Gröstl essen. Lass sie dir schmecken, we keep on rocking! Dein Julius.

41

– Hätte ich mir eigentlich denken können.

Füllbier nippte an dem Espresso, den ich uns bereitet hatte.

– Was?

– Dass an der Sache mit dem Paket nichts dran ist.

– Wollen Sie damit sagen, dass ich die Geschichte erfunden habe?

– Nicht unbedingt. Verständigen wir uns darauf, dass Frau Backes kurzzeitig etwas hysterisch gewesen ist. Wer sonst käme auf die Idee, dem nächstbesten Unbekannten eine so sensible Lieferung zukommen zu lassen?

– Blödsinn. Sie wusste genau, wovon sie redete.

Füllbier deutete mit dem Zeigefinger auf Alois und mich.

– Im Klartext: Sie wollen mir nahelegen, dass ein Motiv für den Mord in den unsauberen Geschäften von MCB liegen könnte.

– Genau. Diese Typen sind in meinen Augen Betrüger.

– Jetzt lassen wir mal dieses Paket beiseite, das gibt es offenbar nicht, das kommt nicht – kein Vorwurf, egal! Aber die MCB macht keine unsauberen Geschäfte …

– Ich bin selbst …

Füllbier winkte ab und deutete auf meinen Mephisto-Anzug.

– Hören Sie mir bloß mit Ihren windigen Recherchen auf, Gossec. Das ist doch Schmierentheater, was Sie da veranstalten! Kostümieren sich und lassen sich als Monsignore flattieren. Und was kriegen Sie raus? Dass die MCB den Kleinsparer umwirbt! Super! Das hätte ich Ihnen auch so sagen können. Sie schnüffeln in der Kapuzinerstraße herum. Dieses Haus, Gossec, gilt nach allgemeiner Einschätzung als Modellprojekt, mit dem die MCB ihre Sozialbindung unter Beweis gestellt hat. Ende der Durchsage!

Alois saß rauchend auf meiner Ottomane und starrte auf den Boden. Füllbier hatte sich in Rage geredet, er war offensichtlich noch nicht fertig mit seinen Durchsagen. Er deutete auf Alois.

– Er war es nicht, das wissen wir. Aber sonst haben wir im Moment keinen Hinweis auf den Mörder.

– Dann verstehe ich nicht, warum Sie nicht in diese Richtung ermitteln wollen?

– Verdammt noch mal, das tun wir doch! Die MCB ist einer genauen Prüfung unterzogen worden.

– Von Ihnen?

– Quatsch! Vom Finanzministerium! Das Ministerium hat Unterlagen angefordert und die Firma auf Herz und Nieren gecheckt. Keine Beanstandung, alles klar?

– Aber das Finanzministerium ermittelt nicht in Mordfällen und prüft auch nicht aus Jux und Dollerei die MCB. Da steckt doch was dahinter, vielleicht das große Projekt, von dem Leila gesprochen hat?

– Ich bin Polizist, ich ermittle. Mich interessieren Fakten und keine Gerüchte oder Mutmaßungen. Möglich ist viel, aber wenn man genau hinschaut, ist das alles wenig wahrscheinlich.

Er kippte den Kaffee, hob die Hand und verschwand aus meinem Laden. Niedergeschlagen nahm ich neben Alois Platz.

– Hey Gossec, du hast dich mordsmäßig ins Zeug gelegt! Aber er hat schon recht, unter dem Strich wissen wir jetzt auch nicht mehr, als dass die MCB irgendwie eine geldgeile Firma ist, die den Leuten das Bare aus der Tasche zieht. Aber das probieren sie doch alle.

– Klar, wir brauchen Beweise, um die unter Druck zu setzen.

– Wir müssen noch mal anders ansetzen, herauskriegen, was da läuft. Egal, was, wenn es eine wichtige Sache ist, versuchen sie doch sicher, ihre politischen Kontakte einzusetzen.

– Frieling?

– Genau!

– Aber wie sollen wir an den rankommen?

– Nächste Woche ist der *Jahrmarkt der Kulturen* im alten Münchner Viehhof. Da tritt der Frieling mit einem Grußwort auf.

– Und was hast du damit zu tun?

Alois grinste.

– Ich bin der Neffe von Kenneth Owambasi. Berühmter Stammesführer der Mongo. Muss eine kleine Rede halten, bisschen trommeln oder so …

42

Julius machte am Telefon einen entspannten Eindruck.

– Heute Abend spielen wir beim Alten Wirt in Weigertsbrunn.

– Wo ist denn das?

– Das interessiert dich doch nicht wirklich: irgendwo auf dem Land!

– Läuft es gut?

– Besser, als ich gehofft hatte. Onkel Tom ist in der Form seines Lebens. Henry schwächelt manchmal ein bisschen am Schlagzeug und versemmelt Einsätze, aber bis jetzt haben wir alles gut aufgefangen. Du rufst mich doch nicht an, um mit mir Konversation zu machen, Gossec, du willst doch irgendwas?

Julius wusste genau, wohin der Hase lief.

– Du hast doch sicher deinen Rechner mit dabei?

– Klar, muss ich ja. Ein paar Updates und ein bisschen Service für meine Kunden fallen immer an. Ich kann ja nicht für fünf Wochen von der Bildfläche verschwinden. Was gibt es?

Ich brachte ihn kurz auf Stand, was mir in seiner Abwesenheit alles widerfahren war.

– Mann, dich kann man nie aus den Augen lassen, sofort verwickelst du dich in irgendwelche Kalamitäten. Und was brauchst du da von mir?

– Informationen aus dem Netz. Ich fische da immer nur Blödsinn heraus. In ein paar Tagen treffen wir Hubert Frieling, den Landtagsabgeordneten. Da muss es doch irgendwas geben, einen Schwachpunkt, eine Sauerei, meinetwegen auch nur ein Gerücht. Vielleicht auch irgendwas, wo die MCB mit drin hängt.

Julius schnaufte wie ein Ross.

– Julius, bitte!

– Okay, wenn der Alte Wirt WLAN hat, versuche ich es. Aber unter einer Bedingung!

– Die wäre?

– Bei unserem Abschlusskonzert auf der Festwiese in Kopfach möchte ich dich im Publikum sehen.

– Versprochen!

Beruhigt legte ich auf. Wenn einer bei einer solchen Recherche etwas reißen konnte, dann Julius. Und tatsächlich traf gegen Abend eine E-Mail von ihm ein, in der er mir einige Links zum Werdegang von Hubert Frieling zusammengestellt hatte. Frielings Vater war Staatsminister gewesen, und so wurde dem Sohn für seine politische Karriere ein roter Teppich ausgerollt. Solche behüteten Laufbahnen waren bei uns normal, man gehörte dazu, man half sich, man konnte sich als Sohn gar nicht so dumm anstellen, dass man vollkommen außen vor bleiben musste. Darüber regte sich niemand auf, im Gegenteil hätte man es als seltsam, ja undankbar empfunden, wenn der Respekt, den sich der Vater erworben hatte, nicht vererbbar gewesen wäre. Die eigentlich interessante Information war jedoch, dass Frielings jüngste Tochter Amrei in München Jura studierte. Sie bewohnte in der Königinstraße eine Altbauwohnung in einem, wie es hieß: liebevoll restaurierten Gebäude. Wohnen in der ersten Reihe mit Blick auf den Englischen Garten. Eine Studentin konnte es gar nicht besser treffen: die Juristische Fakultät war um die Ecke und zu Fuß erreichbar, wenn Amrei auf das Rad stieg und durch den Englischen Garten fuhr, war sie in einer Viertelstunde bei ihrem Vater im Maximilianeum. Der Block, zu dem das Haus gehörte, war im Bestand der MCB.

Zu guter Letzt, und da hatte Julius wieder einmal sein ganzes Talent bewiesen, wies er mich auf eine Ausschreibung des Finanzministeriums hin. Einem Beschluss der Europäischen Union folgend, musste die Landesbank ihren gesamten Immobilienbestand verkaufen, mehr als dreißigtausend Wohnungen.

43

In der großen Halle des Münchner Viehhofs waren früher Tiere gehandelt worden, noch in den Neunzigerjahren hatte man täglich bis zu sechshundert Stück Vieh angekarrt. Aber der letzte Pferdemarkt war inzwischen ebenso Geschichte wie die Halle, die abgerissen worden war. Seither dachte man nach, weil Planer auf freien Flächen einen freieren Kopf haben als auf bebauten. Ein Bukett von Ideen wurde gesteckt mit so bunten Tupfern wie schicken Wohnungen, einer LKW-Waschanlage, einem Theaterneubau, aber auch Einrichtungen für Darmhandel samt Sortieranlage. Aus guten Gründen bin ich schon immer für die Afterwirtschaft gewesen, denn nur so bleibt unser Viertel mietmäßig erschwinglich und wird von Scheiße jeder Art gereinigt. Wenn hingegen dem Visionär der geistige Hosenknopf aufgeht, dann schwärmt er von einem Filetstück im Herzen Münchens, aber unsereiner hat damit schlechte Erfahrungen gemacht und hofft, dass es die Stadtplanung gut mit uns meint und wir der weiß-blaue Arsch bleiben dürfen.

Auf diesem schönen, von Phantasien aller Art überwucherten Gelände fand der *Jahrmarkt der Kulturen* statt, ein Völkerverständigungsevent, der jedem Integrationsbeauftragten eine stattliche Erektion beschert hätte, weil sich Weiße, Schwarze, Gelbe und Rote eine Woche lang herzen und küssen konnten.

Nur Braune mussten draußen bleiben, aber das auch nur, wenn sie politisch auftraten. Als Wandervögel, Freunde der deutschen Bratwurst oder des nationalen Liedguts mischten sie dann doch wieder mit. Wenn jemand Volk sagte, hoben sie sofort den Finger. Und die alternative Szene stellte sich gerne dumm und trieb es mit jedem, der ihr Avancen machte. Blödsinn wurde nicht zurückgewiesen, Unvereinbares nicht ausgetragen, sondern kompostiert. Auch Gesinnungen durfte man nicht einfach wegwerfen, sondern musste sie wiederverwerten.

Man hatte darauf geachtet, dass kein Wiesnwirt, keine sonstige Großgastronomie oder Burgerbraterei den Fuß in die Tür bekam. Stattdessen gab es indisches Fingerfood, italienischen Espresso, Pfälzer Weine, afrikanische Erdnusssuppe, türkischen Honig und Schokoküsse, die früher mal anders hießen. Auch bei den Buden und Büdchen hatte man auf große ethnische Vielfalt geachtet. Gemüsehobel und Schnellkochtöpfe waren verpönt, willkommen waren vor allem Handwerksarbeiten wie Flaschenuhren, Piercingschmuck, Kaleidoskope, Bären und andere Waldtiere aus Perlensäckchen, Didgeridoos, künstlerisch gefertigte Tarotkarten und natürlich Salzlampen, die auf dem letzten Christkindlmarkt keine Abnehmer gefunden hatten. Schwangere Frauen hatten das Recht der freien Sitzplatzwahl im Bierzelt, Kinder durften sowohl auf als auch unter den Tischen spielen, Schwarze wurden gnadenlos durchgegrüßt, auch wenn man schon zum dritten Mal neben ihnen am Pissoir stand, Vietnamesen, Koreanern und Chinesen bot man Zigaretten an, lehnte einer ab, konnte man den Kerl doch noch als Japaner identifizieren.

Wo auch immer in München Bierausschank und Freizeit angesagt sind, treiben sich Horden von pensionierten Silberrücken in ärmellosen beigen Outdoor-Westen mit geschätzt zwei Dutzend Taschen und Schlaufen herum. Seitdem diese Rentnergeneration vor Gesundheit strotzt, hat sie jede opahafte Freundlichkeit verloren, man ist wild entschlossen, auch die nächsten zwanzig Jahre noch herunterzureißen, bis einen der Schlaganfall über einem Teller Schweinswürstel mit Kraut trifft. Ihre Gespräche sind immer unerquicklich, denn sie kennen nur zwei Sorten von Dingen: *Habe ich schon lange daheim!* und *Ist sowieso ein Schmarrn!* Auch an Ereignissen gibt nur zwei in dieser Welt: *Habe ich schon immer gesagt!* und *Ist sowieso ein Schmarrn!*

Im Zelt war eine Bühne aufgebaut, auf die nun Alois gebeten wurde. Ich kann mich nicht erinnern, mich je so geschämt zu haben wie während seiner Rede. Er wurde als Neffe des Mongohäuptlings Kenneth Owambasi angekündigt. Zu Beginn machte er eine Bewegung mit gespreiztem Zeige- und Mittelfinger vom Herzen zum Horizont hin, die ich zuletzt in Winnetou III gesehen hatte.

– Worte, sagte Alois, sind der Duft des Herzens. Und in diesem Sinne grüße ich euch alle miteinander ganz herzlich.

Er trug wieder seine Kaufhaus-Faschingskluft, den safrangelben mit schwarzen Löwen- und Gnu-Köpfen bedruckten Kaftan und den Hut aus Persianer-Kunstfell. Er sagte, die Bayern und die Mongos hätten vieles gemeinsam, sie würden gerne essen und trinken, nachts meistens schlafen, sie lebten in Familien und zeugten Kinder, für ihre Arbeiten aus Ebenholz seien sie so bekannt wie die Oberammergauer Herrgottsschnitzer. Während es den Bayern immer noch nicht gelungen sei, das preußische Joch abzuschütteln, hätten sie schon vor langer Zeit die Belgier aus dem Land geworfen. Ansonsten könne man sagen, dass die Mongos wie die Bayern überwiegend sympathische Leute seien, manche aber auch ausgesprochen *gscherte Hammel.* Dazwischen streute er immer wieder afrikanische Sprichwörter ein, die so brutal nichtssagend waren, dass man das Gefühl hatte, in einen Abgrund zu blicken. Da war die Rede von einem Vogel, der komme und gehe und dessen Nest schließlich fertig sei. Dann wies er noch auf seine Website hin und fügte an, dass jeder einmal den für ihn bestimmten Augenblick erleben dürfe. Zum Abschluss forderte er das Publikum auf, der Isar zu folgen, um an das Meer zu gelangen.

– Sag mal, spinnst du komplett?

Alois hingegen amüsierte sich königlich, lachte und patschte sich auf die Schenkel. Schließlich enterte eine ältere Dame unseren Biertisch, und wir mussten unseren Disput beenden.

– Jetzt muss ich mich doch einmal dazusetzen, weil ich Sie was fragen möchte. Ihre Rede hat mir übrigens gut gefallen, die war so poetisch.

Alois faltete die Hände vor der Brust und verbeugte sich. Seine Gesprächspartnerin lächelte und zupfte sich ihr rosa Pepitablüschen zurecht.

– Meine Tante Elfriede hat schon damals gesagt, dass es nicht richtig ist, wenn man was gegen Afrikaner hat, weil sie ja doch auch Menschen wie wir alle sind.

– Genau.

– Was mich aber schon beschäftigt, ist, wie man zu Ihnen überhaupt noch sagen darf. Früher hat es halt Neger geheißen, ich finde, das war ja nicht böse gemeint. Mohr geht auch nicht mehr, obwohl ich noch vom Vater eine Weihnachtskrippe geerbt habe, wo der König Kaspar zwei ganz hübsche – so, wie sage ich das jetzt? – zwei hübsche *HmHm* als Schleppenträger hat. Ehrlich gesagt: Schwarzer – klingt das nicht ein bisschen unpersönlich?

– Ihre Tante Elfriede ist doch eine Weiße, oder?

– Ja freilich!

– Klingt komisch, oder?

– Ja schon, wenn Sie so das sagen!

– Ist bei mir genauso, denn ich habe einen Namen: Alois Womack. Reden Sie mich doch einfach mit Alois oder Herr Womack an!

44

Hubert Frieling saß mit seiner Entourage an einem weiß gedeckten Ehrentisch. Ein Fotograf war dazugekommen und lichtete ihn ab. Alois stieß mich in die Seite.

– Komm, gehen wir hin! Ich glaube, der braucht noch ein gutes Foto!

Ich lief hinter ihm drein. Als Frieling seiner ansichtig wurde, breitete Alois die Arme aus.

– Bruder Frieling, ich grüße dich!

Wieder machte er den Winnetou, dann schüttelte er ihm die Hand und blickte in die Kamera. Auch Frieling begriff, dass dies das gewünschte Völkerverständigungsfoto werden würde. Sie standen so lange wie zwei Politiker bei einem Staatsempfang zusammen und warteten, bis die Bilder geschossen waren.

– Der Musiker auf dem Fest der MCB! Man kennt sich,

nicht wahr? Vielleicht haben Sie einen Moment Zeit, sich zu setzen?

Frieling machte eine einladende Bewegung.

– Gern. Das ist übrigens mein weißer Freund Gossec.

Er kniff ein wenig die Augen zusammen, als wir uns begrüßten, aber aus dieser Nummer kam er nicht mehr heraus.

– Wir haben gehört, dass die Landesbank ihren ganzen Wohnungsbestand verkauft. Könnte es nicht sein, dass da auch die MCB als Bieter auftritt? Das müssten Sie doch wissen, wo Sie bei denen mitmischen?

Außer vor den Schlägen und Ohrfeigen von Schwester Eremberta hatte es kaum etwas gegeben, das mir Angst machen konnte, aber was Alois da vorexerzierte, raubte mir doch den Atem. Frieling reagierte eisig.

– Falscher Ansprechpartner, ist nicht mein Thema!

– Sie sind doch im Vorstand der Stiftung Soziales Wohnen, sagte Alois.

– Und die Amrei wohnt doch sehr schön am Englischen Garten, sekundierte ich ihm.

Frieling sah sich nach seinen Begleitern um. Die Parteikollegen hatten sich jedoch bereits anderen Gesprächspartnern zugewandt.

– Mit Erpressungen jeglicher Art stoßen Sie bei mir auf taube Ohren.

Alois wies zum Zeltdach hoch und machte eine Bewegung, als wolle er nach den Sternen greifen.

– Nicht doch! Es geht um eine gute Sache, die Vision eines Dritte-Welt-Hauses. Völkerverständigung pur. Wäre das nicht ein schönes Projekt für die Stiftung? Wenn so viele Wohnungen und Häuser verkauft werden, müsste da doch was gehen?

– Wie stellen Sie sich das vor? Nach meinen Informationen müssen die Angebote bei einer Größenordnung von zwei Komma fünf Milliarden für das ganze Paket liegen.

Alois überschlug die Summe.

– Sehr gut! Eine einzelne Wohnung kostet dann vielleicht fünfundsiebzigtausend. Das ist doch geschenkt heutzutage! Wir brauchen ja nur ein paar.

– Ich lasse mich von Ihnen doch nicht auf den Arm nehmen. Das ganze Projekt wird im Finanzministerium abgewickelt. Darüber hinaus ist niemand von uns mit dem Thema befasst.

– Wie wäre es, wenn Sie diese Idee auf der nächsten Stiftungssitzung einbrächten?

Frieling zuckte verkniffen die Achseln.

– Meinetwegen. Aber versprechen will ich nichts.

– Alles klar, sagte Alois. Aber ein bisschen mehr sollte schon noch gehen, Herr Frieling …

Er deutete auf den Fotografen und seinen Journalistenkollegen.

– … wir machen Ihnen keinen Ärger, und Sie besorgen uns einen Termin bei Ihrem Kollegen, dem Finanzminister Bräuler. Okay?

45

Ich trank noch ein Bier mit Alois, dann schlenderte ich am frühen Abend in meine Wohnung hinüber. Auf der Straße stand

Jannis Seropoulos vor der offenen Motorhaube seines Kombischlittens.

– Aber heute Abend bleibt der Motor kalt, Jannis!

Er zuckte die Achseln.

– Geht ohnehin nichts. Der Marder hat irgendwelche Kabel durchgebissen.

– Und jetzt?

– Der Rübl wollte sich das ansehen, der versteht etwas davon.

– Aber?

– Wahrscheinlich hat er es wieder vergessen, du kennst ihn ja.

Sicherheitshalber ging ich noch in den ersten Stock hoch und klingelte beim Rübl. Man wusste ja nie, womöglich war ihm etwas zugestoßen. Erst als ich heftig gegen die Tür pochte, regte sich innen etwas.

– Ich kann nicht aufmachen.

– Wieso, was ist los?

– Ich glaube, ich habe den Schlüssel verloren.

– Und jetzt?

– Bin ich eingesperrt.

Langsam wurde es kritisch. Jetzt saß der Mensch in seiner Wohnung und konnte nicht hinaus. Einen Plan, wie das zu bewältigen war, hatte er auch nicht. Er wartete einfach ab.

– Ich hole ein paar Schlüssel, dann schauen wir mal, ob es einer tut.

Das Problem trat öfter einmal im Haus auf, jemand sperrte sich aus, oder die Tür fiel zu. Man probierte in diesem Fall einfach die Schlüssel der Nachbarn durch, bei den alten Schlössern funktionierte immer einer. Tatsächlich fand ich bald einen passenden, und die Tür ließ sich öffnen. Rübl saß inzwischen im Wohnzimmer beim Fernsehen. Das ist der Segen bei der Demenz, dass man vergisst, wie vergesslich man geworden ist. Rübl war fröhlich, denn mit seiner Bierflasche hatte er einen vertrauten Gegenstand in der Hand, mit dem er seit jeher auf Du und Du stand.

– Magst auch ein Bier? Der Kasten steht in der Kammer.

Die Kammer war so voll gestellt, dass sich die Tür kaum noch öffnen ließ. Als ich das Licht anknipste, traf mich fast der Schlag: In den Regalen lagen Postpakete, da waren fast alle Namen im Haus vertreten. Der Paketbote hatte in Rübl einen Helfer gefunden, bei dem er jedes Teil entsorgen konnte. Er nahm alles, er unterschrieb alles, und damit war für beide alles in Ordnung. Das mit Abstand größte Stück in der Kammer war mein Teppich, und irgendwo auf dem Boden stand das lang ersehnte Paket von Leila Backes.

46

Am nächsten Tag trottete ich frisch geduscht und gekämmt Richtung Goetheplatz. Wenn man schon nach Canossa gehen muss, dann mit Stil. Trotzdem fehlte mir jeder Elan, das hinter mich zu bringen, was mir nun bevorstand. Aber wenn man einen Arsch in der Hose hat, muss man auch die Zumutungen meistern, die das Leben mit sich bringt. Die meisten Positionen, die man bezieht, sind vorläufig. Nur wenige sind in der Lage, das zuzugeben, sie bleiben beim größten Blödsinn, bloß weil sie sich einmal dazu verstiegen haben, ihn auszuposaunen. Statt sich zurückzunehmen und das einzugestehen, was man längst ahnt, wird der Unsinn aufgehübscht, mit ein paar klugen Einschränkungen garniert, die Ecken und Kanten werden entschärft, und schon glaubt man sich aus dem Schneider. Noch krasser verfahren die meisten bei Entgegensetzungen und Feindschaften. Auch hier begreift man oft schnell, dass der andere so unrecht nicht hat. Aber Ehrgefühl und Stolz sind rasende Teufel, die sich nicht mit Vorläufigkeiten zufrieden geben. Sie spüren, dass du ihnen von der Fahne gehst, piesacken und treten dich so lange, bis du stattdessen wieder nach vorne marschierst und in der Verschärfung des Streits den Faden wiederfindest, der dir verloren gegangen ist.

Das war gut und schön gedacht, und ich spürte, wie mein innerer Buddha mich anlächelte. Wir hatten uns länger nicht gesehen, und ich bemerkte bei dieser Gelegenheit, dass mit ihm eine große Veränderung vonstatten gegangen war: Er glich zunehmend mehr Pater Willibald. Einziges Hindernis, das ihrer vollständigen Verschmelzung entgegenstand, war mein Sträuben, mir Pater Willibald nackt mit Lendentuch vorzustellen. Vielleicht war es sogar Sünde, einen niederbayerischen Kleriker in Gedanken auszuziehen? Auch die Bibel bezog hier eindeutig Position: Verwerflich war nicht, dass Noah sich einen Fetzen Rausch ansoff, anstößig war, dass er sich daraufhin nackt auf das Bett legte.

Als ich am Goetheplatz an einem Imbiss vorbeikam, aus dem Grillschwaden von Bosna, Polnischer und Thüringer herwehten, packte mich eine wilde Gier nach Bier und Fleisch. Mir war, als sei eine Bestie in mir ausgebrochen, die augenblicklich gefüttert werden wollte. Aber so leicht ließ ich mich nicht übertölpeln, ich wusste, wie es danach weitergehen würde, nämlich Zickzack, hinüber in das Lindwurmstüberl und von dort in den nächsten Stehausschank.

Jedenfalls wäre ich so nie an dem Laden in der Goethestraße angekommen, an dem außen in weißen Lettern *Henry Ratzl, Detektei, Recherchen und Wertsicherungen* aufgeklebt war.

47

Ratzl und Kalle sprangen synchron auf, als ich den Laden betrat. Sogar der Mops bellte diesmal. Ich hob die Hände.

– Friede!

Beide blieben unschlüssig stehen.

– Friede, sagte ich ein zweites Mal, so leise wie möglich.

Ich zog mir den Stuhl vor Ratzls Schreibtisch her und setzte mich. Dann holte ich meine Brieftasche heraus und zählte ihm fünf Hunderter auf den Tisch.

– Hol uns mal einen Kaffee, Kalle, sagte Ratzl mit heiserer Stimme.

Die Kampfschildkröte klapperte und schepperte draußen in der Teeküche herum, einem Ort, der seinen Namen einem Irrtum verdankt, weil an ihm vornehmlich Kaffee zubereitet wird. Er schnäuzte und schnaubte so vernehmlich, als habe ihm die unerwartete Wendung der Geschichte die Fassung geraubt und ihn zu Tränen gerührt.

– Ich verstehe gar nichts mehr!

– Pass auf!

Ich erzählte ihm die ganze Geschichte in Kurzform. Als ich geendet hatte, stand er auf, breitete die Arme aus und umarmte mich.

– Mann, und für so einen Scheiß haben wir uns die Kutte weich geklopft! Ehrlich gesagt, hatten wir den Fall abgeschrieben. Aber dass du die Größe hast, in die Höhle des Löwen zu kommen – Mannomann!

Er wandte sich nach Kalle um, der nickte, und dann umarmte er mich ein zweites Mal.

– Es gibt da noch was, wo ihr mir sicher weiterhelfen könntet.

– Ab heute hast du bei uns ein Riesenguthaben.

Ich schilderte ihm, was es für eine Bewandtnis mit dem Paket von Leila Backes hatte.

– Ich kann all die Vorgänge, die in den Papieren aufgeführt sind, nicht nachvollziehen, weil ich zu wenig von der Materie verstehe. Ihr macht doch auch diese Finanzrecherchen, da habt ihr doch sicher einen Anwalt im Rücken, der sich mit so etwas auskennt?

– Aber sicher, sagte Ratzl, und was für einen! Ingo Hasskerl, ein junger Rechtsanwalt mit Biss.

Was Ratzl erzählte, klang gut, vor allem der Name gefiel mir auf Anhieb. Er gab mir die Daten und wollte mich gleich danach beim ihm avisieren.

Als ich kurz darauf den Laden verließ, hatte ich einen Bund geschmiedet, der seit dem Zusammenschluss der drei Musketiere seinesgleichen suchte.

48

Hasskerl selbst öffnete mir die Tür. Sein Büro war in der Barerstraße. Wir hatten telefoniert, und ich brachte ihm gleich nach unserem Gespräch das Paket selbst vorbei. Die Zeit drängte.

Das Gefährlichste an ihm waren sein Name auf dem Messingschild unten und sein Briefkopf. Ansonsten wirkte der Mann sehr umgänglich.

– Sind Sie so gut wie Ihr Name?

Er lachte.

– Alles nur Marketing!

Ich schilderte ihm den Fall und fügte dann an, dass ich mir genau genommen keinen teuren Anwalt leisten könne.

– Bei jedem anderen Kollegen würden Sie jetzt in die Röhre gucken. Bei mir haben Sie Glück: Ich arbeite in der Verbraucherzentrale, und das Thema MCB beschäftigt mich seit Längerem. Wir haben da einige Nachfragen vorliegen. Aber komplett freistellen kann ich Sie nicht.

Ich nickte.

– Was machen wir mit der Polizei? Die sind natürlich ganz scharf auf das Paket.

– Logisch. Das wollen wir doch hoffen, dass die sich das gründlich vornehmen. Aber zunächst einmal ist der Inhalt für Sie bestimmt, und niemand kann Sie zwingen, die Unterlagen unbesehen herauszurücken. Vorschlag: Ich ziehe mir von den Papieren Kopien, und wir reichen das anschließend in die Ettstraße hinüber.

Der Mann hatte sich ehrenhalber den Namen Liebknecht verdient. Er versprach, mich anzurufen, sobald er sich einen Einblick verschafft hätte.

49

Nachmittags kam Alois zu mir. Wie immer machte ich einen Kaffee, wir saßen zusammen und rauchten. Dass und wie Leilas Paket bei mir angekommen war, hatte ich ihm schon am Telefon erzählt.

Auch die Idee mit Hasskerl gefiel ihm, man musste da jetzt auf Nummer ganz sicher gehen. Aber ich sah ihm an, dass er noch irgendetwas in petto hatte.

– Rück schon heraus damit!

– Merkt man das?

– Und wie!

– Hulk hat mich angerufen.

Triumphierend sah er mich an.

– Hulk?

– Genau. Bei der letzten Sitzung der Stiftung hat ihm Frieling von diesem Dritte-Welt-Haus erzählt.

– Letzte Sitzung? Lächerlich, der hat ihn umgehend angerufen und ihm alles brühwarm rübergereicht.

– Ja und!

– Weiter! Was ist jetzt damit?

Seit Louis Armstrongs Lächeln hatte ich kein vergleichbares Breitwandgrinsen mehr gesehen.

– Super Idee mit dem Dritte-Welt-Haus, meinte Hulk.

– Das hast du doch nur so dahingesagt mit dem Haus, das war doch nie wirklich ernst, oder?

– Stimmt, eigentlich nicht. Aber manchmal hat man eben eine geniale Idee, und dann wird sie ein Selbstläufer.

– Tatsächlich?

– Jetzt pass auf: Sie arbeiten an einem großen Projekt im Moment …

Alois zwinkerte mir zu.

– … rate mal, welches. Jedenfalls wollen sie meinen Vorschlag dort nachträglich ins Konzept mit hineinnehmen, weil der das ganze Angebot zum Erfolg führen könnte. Jetzt schaust du, oder?

In der Tat war ich verblüfft.

– Du spinnst, du kannst doch jetzt nicht plötzlich mit denen zusammenarbeiten!

Alois gab sich beleidigt.

– Dir muss man ja auch wirklich alles erklären, Gossec. Pass auf: Hulk sagte sogar, wir müssen da noch ein ganzes Stück weiterdenken, nicht nur an Schwarze. Wir müssen auch Volksgruppen miteinbeziehen, die traditionell aus jeder Gemeinschaft ausgeschlossen werden. Auch denen muss bezahlbarer Wohnraum angeboten werden.

Alois zielte mit seinem Zeigefinger wie mit einer Pistole auf mich.

– Das wären?

– Sinti, Roma, Muslime, Afrikaner, Araber … Alle eben, die bei unseren gegenwärtigen Verhältnissen keine Chance haben, an eine nette Wohnung zu kommen.

Ich patschte meine Handfläche an die Stirn.

– Du meine Güte, jetzt rieche ich den Braten. Entmietung! Du setzt in ein funktionierendes Wohnviertel fremde Gruppen hinein, die den Zusammenhang sprengen.

– Es geht um Integration! Mir jedenfalls, und dafür würde ich auch die Kröte schlucken, mit der MCB zusammenzuarbeiten.

– Schön wärs, Alois! Ich möchte wetten, dass sie hier eine Wohnung zugewiesen bekommen, in die zehn Leute hineingestopft werden. Es wird laut im Haus, es wird zugemüllt, weil alles andere bleibt, wie es ist. Beruflich und sozial haben die keine Chance. Was sollen sie tun außer abhängen, saufen und Leute anmachen? Und was passiert: Die Angestammten hauen ab, sofern sie können.

– Dass da Ghettos entstehen, daran hat doch niemand Interesse. Schon gar nicht die MCB.

– Klar. Langfristig nicht. Aber die Laufzeit von deinem Assi-Haus ist doch begrenzt, gerade so lange, bis die anderen verschwinden.

– Hulk hat mir gesagt, sie könnten sich einen Modellversuch von zunächst drei Jahren vorstellen.

– Eben! Und dann kannst du luxussanieren und teuer verkaufen.

50

Anderntags meldete sich Hasskerl.

– Das ging aber flott.

– Irrtum, das Ganze ist eine ziemlich verwickelte Angelegenheit.

– Wo hängt es?

– An dem Firmengeflecht. Bayerle und Huck haben aus der MCB heraus eine Reihe von Firmen gegründet, die wiederum Unternehmen zugekauft haben. Am Ende der Kette lässt sich kaum mehr feststellen, wer eigentlich wo das Sagen hat.

– Ich dachte, alle diese Daten seien öffentlich und frei zugänglich?

– Sind sie auch. Prinzipiell kann man sich schon durchwühlen und alles durchschauen, aber es ist eine Frage des Aufwands und der Zeit.

– Kann ich irgendwie behilflich sein?

– Genau darum wollte ich Sie bitten. Im Speziellen geht es mir die um Frage, wie die Levitas AG und die ProSale KG eingebunden sind.

Ich überlegte kurz, wie ich das zuwege bringen könnte, dann rief ich Amselfeld an.

51

Amselfeld führte mich in einen Besprechungsraum im Office-Gebäude an der Eichelhäherstraße. Um nicht aufzufallen, hatte ich mir ein Taxi genommen.

– Ich hatte schon befürchtet, unsere Publikumsveranstaltung hätte Sie endgültig verschreckt, Monsignore.

Ich winkte ab.

– Wir haben uns ja nun mit Ihren Finanzprodukten beschäftigt, aber was uns nach wie vor zu schaffen macht, ist das kaum entwirrbare Konglomerat von Firmen. Das müssen Sie mir erklären.

– Letztlich ist alles logisch nachvollziehbar, manche Ausgründungen sollen für Investoren geöffnet werden, dann braucht man eine Aktiengesellschaft, bei anderen wird für den Geschäftszweck eine größere Summe hinterlegt, dann machen wir eine KG, und bei anderen wiederum ist es wichtig, die Haftung überschaubar zu halten, und man macht eine GmbH daraus …

– Mir ging es nicht so sehr um das Allgemeine: Levitas und ProSale – was sind das für Firmen, was machen sie, und wem gehören sie?

– Nun, die Levitas wurde letztes Jahr zugekauft, eine zweite Schiene neben unseren Immobilienprodukten: Sie wirbt Geld für Fonds ein, mit denen wir uns an mittelständischen Firmen beteiligen. Und die ProSale ist ganz einfach eine auf Finanzprodukte spezialisierte Vertriebsfirma, der zum Beispiel ich angehöre.

– Aber die Besitzverhältnisse?

Amselfeld zuckte die Achseln.

– Wenn Sie Wert darauf legen, müssten wir unseren Geschäftsführer dazu befragen.

Er griff zum Telefon.

– Monsignore Beisel würde gern ein bisschen mehr über unsere Beteiligungen erfahren. Hast du ein paar Minuten Zeit?

Er legte auf.

– Gehen wir hinüber. Er nimmt sich die Zeit, sagte er.

52

Wir schritten zusammen den Gang auf der Führungsetage ab, der wie eine Fotogalerie gestaltet war. Finanzleute zählen nicht zu meiner Bekanntschaft, ich kann diesen Menschen auch nicht in das Hirn schauen, aber bei dem, was an mich kommt, scheint mir doch, dass sie abzüglich ihrer beruflichen Fähigkeiten allesamt einfallslose Simpel sind, die zeitlebens mit dem Problem kämpfen, dass man Gesichtern, so dumm und leer wie Weißbrot, das Geld nicht ansieht. Wenn es hoch kommt, spielen sie in ihrer Freizeit Ukulele, Halma oder machen Kunst, indem sie nackte Frauen, Katzen oder Hotelinterieurs in aller Welt knipsen. In den Schädeln der MCB-Führung glomm noch nicht einmal dieser Funke: In der Kindheit hatten sie sich mit elektrischen Eisenbahnen, Carrerabahnen und ferngesteuerten Geländeautos beschäftigt, mit sechzehn drehten sie ihre ersten Runden auf einer Kartbahn, und endlich zu Geld gekommen, ließen sie sich schwere Motorräder oder Sportwagen liefern. Die Fotos dokumentierten, wie die Übergabe für das Publikum inszeniert wurde, ein Chuck-Norris-Double fuhr die Maschine vor und eine Sexbombe den roten Flitzer. Allerdings verschwiegen die Fotos, ob es die Dame vom Fahrersitz ins Freie geschafft hatte, wahrscheinlich musste sie wegen ihres engen Rocks herausgehoben werden.

Amselfeld schleppte mich ausgerechnet zum Büro von Hulk. Er musterte mich inquisitorisch, gab mir die Hand und lud mich dann ein, auf einem der gepolsterten Stühle Platz zu nehmen. Ich sah das Unglück auf mich zukommen, aber da war kein Weg mehr, es abzuwenden.

– Danke, Uwe, sagte er zu Amselfeld, ich kümmere mich um Monsignore.

Er geleitete ihn zur Tür hinaus, ich fuhr herum, als ich hörte, dass er die Tür zusperrte, und sprang auf. Er holte aus und schlug mir mit dem Handrücken ins Gesicht. Ich stolperte und fiel zu Boden. Dort spürte ich, wie mir das Blut die Wangen herunterlief, sein Ring hatte meine Haut aufplatzen lassen.

– Monsignore Beisel! So plump verkleidet! Für wie blöde halten Sie mich eigentlich?

So ähnlich hatte das der Theaterkritiker formuliert, offenbar waren nicht nur Gretchen und Faust Panne gewesen, sondern auch der Mephisto.

– Sie haben schon in der Nacht, als wir die Party gefeiert haben, hier herumspioniert. Eine Fresse wie die Ihre vergesse ich nicht. Was wollen Sie eigentlich? Auschecken, wie sich unser Büro ausräubern lässt?

Er griff zum Telefonhörer.

– Ich lasse Sie von der Polizei abholen.

– Gute Idee. Ich sage Ihnen die Nummer von Kriminalhauptmeister Füllbier.

Er legte den Hörer zurück.

– Aha, daher weht der Wind. Sie Idiot glauben, uns einen Mord anhängen zu können.

– Und vorher lasse ich Ihre betrügerische Klitsche hochgehen.

Er beugte sich über mich und deutete mit dem Zeigefinger auf mich.

– Dafür hat ein Loser wie Sie nicht das nötige Format.

– Aber die nötigen Unterlagen.

Ich bekam seine Krawatte zu fassen und zog den Knoten

enger. Mit beiden Händen fasste er sich unter den Kragen und versuchte, den Binder auseinanderzuziehen. Er war kein aufgeblasener Bodybuilder, ich spürte, dass der Kerl viel Kraft hatte. Ich fuhr meine Faust aus und zerrte mit einem Ruck seinen Kopf herunter, sodass er meinem Schlag entgegenkam. Er taumelte und ging zu Boden. Ich sprang auf, in der Tür steckte noch der Schlüssel, sperrte auf und floh aus dem Büro in den Garten hinunter.

Noch im Laufen überlegte ich, wo ich mich verstecken konnte, denn ich war sicher, dass er die Verfolgung aufnehmen würde. Bei den Garagen kam mir die Erleuchtung: Ich kletterte über den Zaun in das Nachbargrundstück, erklomm Benedikts Baumhaus und kauerte mich dort zusammen. Mit Dankbarkeit vermerkte ich nun, dass ich Wesentliches zum Komfort des luftigen Raumes beigetragen hatte, auf meinem Lederkissen saß man weich. Wenig später sah ich, wie sein Jaguar aus der Garage fuhr, wahrscheinlich kämmte er die Gegend ab, um mich aufzuspüren. Ich verhielt mich ruhig und wartete ab, bis der Wagen wieder zurückkam. Dann rief ich Alois an und bat ihn, mich abzuholen. Als ich ihn nach etwa zwanzig Minuten vorfahren sah, kletterte ich über den Zaun und sprang in seinen Wagen.

– Was haben sie denn mit dir gemacht?, fragte Alois.

– Hulk hat versucht, mir an die Gurgel zu gehen. Jetzt ist Krieg!

Ich schilderte ihm kurz, was vorgefallen war.

– Wenn einer so heftig reagiert, dann hat er ein Problem, schloss ich. Du kannst mir erzählen, was du willst, aber für mich ist er der Mann, den wir suchen.

53

Ich war sicher, dass Hulk versuchen würde zurückzuschlagen. Meinen Namen und meine Adresse herauszubekommen, war nicht schwer. Ich hatte schließlich die Fest-Accessoires geliefert und eine Rechnung gestellt. Das Beste war, für eine Weile zu verschwinden. Ich rief Pater Willibald an und fragte, ob ich für einige Tage im Kloster unterkommen könnte.

– Komm einfach und klopf an die Pforte. Es würde mich wundern, wenn ein demütiger Büßer abgewiesen werden würde. Ist jedenfalls nicht unsere Art.

Auch der geistliche Humor hatte manchmal seine Ecken und Kanten.

Dann redete ich mit Hasskerl, erzählte ihm das wenige, was ich von Amselfeld erfahren hatte, und fügte an, dass ich nun abtauchen müsse. Er versuchte erst gar nicht, mich vom Gegenteil zu überzeugen. Als er mir dann auch noch viel Glück wünschte, wurde mir endgültig klar, dass mir der Pelz brannte.

Ich verrammelte Laden und Wohnung, zog das Gitter vor Schaufenster und Tür und hängte einen Hinweis aus, den ich für Eingeweihte passend formulierte, dass nämlich mein Geschäft wegen eines Trauerfalls eine Woche lang geschlossen bleiben würde.

Eine Stunde später saß ich in Pater Willibalds Bier-Studierstube.

54

– Im Moment hast du gar nichts in der Hand, sagte Pater Willibald. Du kannst der Firma vielleicht Betrügereien nachweisen, aber dafür, dass Hulk der Mörder ist, gibt es außer seiner Grobheit keinen Beleg.

– Und was soll ich jetzt tun?

– Das weiß ich auch nicht, Gossec. So wie du deine Geschichte erzählst, merke ich nur, dass da grundsätzlich der Wurm drin ist.

Erschrocken sah ich ihn an.

– Immer sind es die anderen, die dich vor sich hertreiben. Nie hast du in dem, was dir widerfährt, die Fäden in der Hand. Etwas passiert, und du reagierst. Deshalb bist du fortwährend zu spät dran.

Sein Urteil klang vernichtend.

– Ich weiß ja, dass du ein Mensch bist, der im Prinzip das Gute will, sonst säßest du nicht bei mir hier. Aber das gelingt dir nie, genau genommen hinterlässt du nur Unordnung und Chaos.

Er hob beschwichtigend die Hand.

– Das klingt hart, ich weiß, aber der Schlüssel zur Lösung der ganzen Situation liegt genau darin, dass du das erkennst und danach handelst. Ich betrachte das Gesagte als Beichte und erlege dir jetzt eine Buße auf, die du strikt einhältst. Genau …

Er musste wohl meinen sehnsuchtsvollen Blick zum Kühlschrank aufgefangen haben.

– … kein Alkohol! Und dazu bist du zwei Tage lang einfach

mal ruhig. Du hältst die Schnauze, und ich will nichts hören von dir, noch nicht einmal ein Amen. Ist das klar?

Ich nickte.

– Denk über alles nach, lass es einfach durch dich hindurch ziehen, verabschiede dich von dem Überflüssigen und halte das Wertvolle fest. Verstehen wir uns?

Wieder nickte ich, mehr durfte ich ja nicht mehr.

55

Immer wieder umrundete ich den Kreuzgang, mit welchem Affenzahn merkte ich erst später, als ich ruhiger geworden war. In meinem Schädel war offenbar nur Unflat, Schimpfwörter, Gewaltphantasien, aber kein gerader Gedanke. Nach zwei Stunden wurde es besser, und ich setzte mich in den Klostergarten. Reden formulierten sich in mir, an meine Freunde, meine Feinde und an alle. Immer ging es darum, dass man mich missverstanden hatte oder ich etwas zu sagen hatte, was dringend in alle Köpfe musste. Ich durfte es ja nicht aussprechen, aber das fühlte sich verdammt krank an. War ich denn der Depp vom Dienst, der sich aufgerufen fühlte, hinter allen herzukehren, und der dabei alles falsch machte?

Ich stand wieder auf und umrundete erneut den Kreuzgang. Wie einen träge fließenden Strom ließ ich das Geschehen der letzten Zeit an mir vorüberziehen, ohne innerlichen Aufschrei, ohne Bewertung, nur um zu quittieren, dass es war, wie es geschehen ist.

Gegen Abend fiel mir gar nichts mehr ein. Ich nickte dem Mond zu, der fett am Himmel stand, auch ihn durfte ich nicht ansprechen, dann zog ich mich in mein Zimmer zurück. Dort überkam mich eine erste heftige Vision. In meinen Gedanken wurde ein großer Vorhang aufgezogen, und von hinten betraten fünf superschlanke, perfekt gebräunte Weißbierflaschen die Bühne. Sie hielten sich an den Händen, die aus dem Glas wuchsen, schlenkerten ihre bestrumpften Beine hoch in die Luft und vollführten einen Tanz so anmutig wie das Fernsehballett. Ihre bunten Etiketten trugen sie so neckisch wie knappe Schürzchen am Leib. Das war ebenso geschmackvoll wie verführerisch, aber auch so durch und durch blödsinnig, dass mir ein *Haut endlich ab!* entfuhr.

Schließlich drehte ich mich um und schlief ein. Am anderen Morgen früh noch im Halbschlaf stand mir plötzlich ein Bild vor Augen, das scheinbar wahllos aus dem Film der Ereignisse herausgeschnitten war. Ich betrachtete es eine Weile lang, dann verstand ich. So musste ich die Sache anpacken! Den ganzen darauffolgenden Tag nutzte ich, um alles sich setzen zu lassen und die innere Ruhe, die ich gefunden hatte, auszubauen.

Einen weiteren Tag später verabschiedete ich mich von Pater Willibald mit einer tiefen Verbeugung. Er blickte von seiner Arbeit auf.

– Was ist los, kriegst die Zähne nicht mehr auseinander?

Lachend umarmte er mich zum Abschied.

56

Noch in der S-Bahn hatte ich Hasskerl angerufen, er meinte, ich solle gleich bei ihm vorbeikommen. So ging ich direkt vom Hauptbahnhof zur Barerstraße hinüber. Die Grünanlagen des Alten Botanischen Gartens zu durchqueren, war immer wieder eine große Freude, die einem nur durch diesen riesigen ungeschlachten Lackel vergällt wurde. In der Mitte des großen Brunnens stehend, geht er problemlos als nackiger Landser durch, ist aber in der Rolle des Gottes Neptun komplett fehlbesetzt.

Dahinter wird es mit den Lenbach-Höfen, einem Wohn- und Geschäftsareal, ganz edel. Die Immobilienexperten werden ganz aufgeregt, wenn sie über dieses Schmuckstück reden, in dem man ausschließlich in Lofts und einem Palais residiert, denn das Projekt hatte wieder einmal eine neue Benchmark in puncto Preis gesetzt. Eine schicke Wohnung kostete sechs Millionen, und so konnte man, in einer Zeit, in der man befürchten musste, dass es auf dem Immomarkt womöglich bergab gehen würde, ein starkes Zeichen für Investoren setzen.

Wer einen Film drehen möchte, aber keine Kamera zur Hand hat, ist in dem Gelände goldrichtig. Man betritt es, und gut ein Dutzend Kameras sind auf einen gerichtet. Im Parterre oder Keller in sogenannten Concierge-Logen sitzt das Personal in speckigen Billiguniformen vor Monitoren. Die ideologische Ausrichtung, die der deutsche Hausmeister mit dem Blockwart teilt, genügt heutzutage nicht mehr, um Concierge zu werden. Für eine Führungsposition in dieser Branche empfiehlt es sich, beim Bundesgrenzschutz tätig gewesen zu sein, für das Fußvolk genügt eine kurze Söldnerlaufbahn, denn der Concierge hält nicht mehr den Schlüssel des Etagenklos bereit, sondern eine Waffe. Ein Hobby-Regisseur könnte zudem mit großer Komparserie anrücken, denn das Areal ist leer, hier wird nicht gewohnt, hier wird nur besessen für den Fall, dass man Freunden aus aller Welt einmal das Oktoberfest präsentieren möchte. Stoffe wie der Sturm auf die Bastille wären besonders geeignet, ein aufgebrachter Mob stürmte dann aus den Grünanlagen des Botanischen Gartens auf das Palais zu, das von einem Concierge-Trupp verteidigt würde.

In der tiefenentspannten Verfassung, in der ich mich befand, ließ ich es mir nicht nehmen, in jede Kamera zu winken, die ich ausmachen konnte.

Hasskerl servierte mir einen Kaffee. Sein Gesicht war so sorgenzerfurcht, dass ich das Ausmaß des Desasters bereits erahnen konnte.

– So schlimm?

Er winkte ab.

– Viel schlimmer! Alle Details auszupacken, würde zu weit führen …

– Würde ich auch nicht verstehen. Vielleicht können Sie mir das Wesentliche so zusammenfassen, dass es einer wie ich kapiert.

– Okay. Die MCB kauft Immobilien in der Regel bei Zwangsversteigerungen. Die Firma ist wegen ihrer sozialen Aktivitäten gut vernetzt und hat daher einen hervorragenden Zugang zu wichtigen Informationen. Immobilien, die sie ersteigern, lassen sie durch Gutachter schätzen. Hier sprudelt eine Wertsteigerungsquelle, die so bequem wie ein Wasserhahn ist. Der Schätzwert, den die Gutachten zugrunde legen, übertrifft immer deutlich den Kaufpreis, und dieses Plus schreiben sich die Brüder schon mal als Gewinn in ihre Bücher.

– Aber da fließt doch nichts, das sind doch nur Zahlenspiele …

– … mit denen man Kredite aufnehmen kann oder über Fondsanteile Geld einwirbt. Die Bücher werden geprüft, und siehe da, zertifizierte Vermögenswerte stehen da drinnen, die sich scheinbar gut zu Liquidität machen lassen.

– Und die Gutachter spielen mit?

– Na ja, man kann die Sache auch überreizen. Letztes Jahr hatten sie so offensichtlich Schrott gekauft, der sich beim besten Willen nicht schönen ließ, und prompt kam die Firma in eine Schieflage. Und das ist jetzt der Punkt, wo diese Levitas AG ins Spiel kommt.

– Auch Immobilien?

– Nein, die Levitas ist eine Fondsgesellschaft, die mit dem eingeworbenen Geld Anteile an mittelständischen Firmen übernimmt. Die Levitas hat gleich nach dem Besitzwechsel der Mutterfirma Immobilien zu überhöhten Preisen abgekauft und – da haut es einen wirklich aus den Socken! – mit ihren Fondsgeldern Anteile an der MCB erworben. So unterstützen sie sich selbst mit dem Geld der Anleger.

– Das heißt, das Geld fährt im Kreis herum, so lange, bis niemand mehr kapiert, dass einer schuldenmäßig den Schwarzen Peter in der Hand hat.

– Richtig, nichts weiter als ein ausgeklügeltes Schneeballsystem.

– Und was machen wir jetzt?

– Ich versuche, die ganze Sache auf den Punkt zu bringen,

dann werde ich Anzeige erstatten und die Unterlagen der Staatsanwaltschaft übergeben.

– Und Füllbier?

– Hat sein Paket bereits. Aber ich befürchte, er kann gar nicht deuten, was er da in Händen hält. Deswegen muss ich mit einer detaillierten und begründeten Anzeige Hilfestellung leisten und tätig werden.

– Über diese Ausschreibung der Landesbank, haben Sie da etwas gefunden?

– Welche Ausschreibung meinen Sie?

– Die Landesbank muss ihren ganzen Bestand verkaufen, EU-Auflage, dreißigtausend Wohnungen. Ich bin sicher, dass sich die MCB darum beworben hat. Mit besten Chancen!

– Dann haben wir ein Problem!

– Wieso?

– Mit so einem *Quick Win* schafft sich die MCB alle Schwierigkeiten vom Hals.

– Was ist denn das für eine Scheiße? Betrug ist doch Betrug, denke ich.

Hasskerl lächelte mitleidig.

– Es gibt keine Klemme im Finanzbereich, die sich nicht durch ausreichend Geld lösen ließe.

– Mit anderen Worten: Wenn die dieses Ding nach Hause schaukeln, sind womöglich alle Sünden vergeben?

– Würde ich meinen.

– Dann schauen Sie doch mal in Ihrem PC nach, wann der Gewinner dieser Lotterie bekannt gegeben wird.

Hasskerl recherchierte eine Weile, dann hob er den ganzen Unterlagenstapel hoch und ließ ihn in einer Geste unterdrückter Wut zu Boden fallen.

– Die Anzeige kann ich in die Tonne treten. Die ganze Arbeit umsonst! Übermorgen ist die Pressekonferenz im Finanzministerium.

57

Alois hatte auf mein Betreiben hin bei Frieling mächtig Druck gemacht, und so fanden wir uns bereits am Tag darauf am Odeonsplatz ein. Der Pförtner telefonierte und stellte uns daraufhin einen Besucherschein aus.

– Erster Stock. Melden Sie sich bei Frau Meyser-Lüdecke und geben Sie ihr den Schein zum Unterschreiben. Sonst kommen Sie hier nicht mehr raus.

Alois und ich gingen das großzügige Treppenhaus empor.

– Ehrlich gesagt, ist mir immer noch nicht klar, was wir hier sollen?

Ich winkte ab.

– Lass mich nur machen. Wir müssen das Schlimmste verhindern. Du bist mit deiner Folklorenummer heute nur der Türöffner, okay?

Alois sah mich fast erschrocken an, nickte aber.

Frau Meyser-Lüdecke war ein groß gewachsenes Weib mit so mächtigen Proportionen, dass man meinen mochte, die Bavaria sei von ihrem Sockel gestiegen. In ihrem Zimmer roch es bittersüß wie nach kandierten Waldbeeren und Salbei, denn mit ihrem großzügigen Dekolleté und dem ausladenden Vorbau hatte sie reichlich Fläche zur Verfügung, um Parfüm zu verdunsten.

Sie winkte ab.

– Warten Sie draußen, ich gebe Bescheid, wenn es so weit ist.

Draußen stieß mich Alois in die Seite.

– Hast du ihr den Schein gegeben?

Um geräuschmäßig nicht aufzufallen, drückte ich sacht die Klinke und trat ein. Sie hatte sich von der Tür weggedreht, die Füße auf einen Hocker gelegt und zog die Falten ihrer Strumpfhose gerade. Den Telefonhörer hielt sie zwischen Kopf und Schulter eingeklemmt.

– Bist du sicher, dass Hackfresse mit diesen zwei Komikern da einen Termin hat?

Sie wartete die Antwort ab und legte auf. Erst jetzt bemerkte sie mich vor ihrem Schreibtisch. Ich hielt den Schein hoch.

– Sollten wir abgeben, hieß es.

Sie nahm ihn und unterschrieb. Dann reichte sie ihn mir zurück.

– Sie haben mich belauscht, wie?

Sie blätterte in dem Kalender, ohne mich eines Blicks zu würdigen.

– Wenn Sie petzen, behaupte ich, Sie hätten versucht, mich anzutatschen. Mir glaubt man hier, okay?

– Okay, ich werde Hackfresse nichts davon sagen.

Sie deutete auf die große Doppeltür nach nebenan.

– Sie haben zehn Minuten. Gehen Sie rein!

58

Interessiert zupfte Bräuler an Alois' Kaftan.

– Ich verkleide mich auch gern. Im Fasching halt. Da lass ich mir was einfallen. Letztes Jahr bin ich als Panzerknacker gegangen. Der Anzug war schnell gemacht, Augenbinde auch, aber das mit den Bartstoppeln kriegt man nicht so leicht hin.

Er hatte einen riesigen Schädel, mehr lang als breit. Ich studierte sein Gesicht, es hatte einen Ausdruck schwiemliger Schläue. Er scannte Alois noch einmal von unten nach oben.

– Da machen wir nachher noch ein schönes Foto miteinander.

Dann sah er auf seine Uhr.

– Worum geht es? Außer dass der Hubert Frieling wollte, dass ich Sie treffe?

– Um die Ausschreibung der Landesbank wegen Ihres Immobilienbestands.

Innerhalb eines Augenblicks verfiel sein Gesicht und nahm einen Ausdruck des Missvergnügens an.

– Und was hat einer aus dem Kongo damit zu tun?

– So viel wie der Hubert Frieling mit der MCB.

In einer Art Grinsen zog er seine Mundwinkel auseinander.

– Aha, daher weht der Wind! Aber Sie glauben doch nicht im Ernst, dass ich da mit Ihnen darüber rede?

– Sie müssen zu der Angelegenheit gar nichts sagen, es genügt, wenn Sie mir fünf Minuten lang zuhören.

– Wenn Sie mich in irgendwelche Zweideutigkeiten verwickeln wollen, lass ich den Wildgruber kommen, und Sie sind draußen!

Ich zog aus meiner Tasche eine Mappe mit Unterlagen.

– Diese Papiere hat mir Rechtanwalt Hasskerl zusammengestellt. Nur zu Ihrer Information: Er ist Berater für Finanzprodukte bei der Verbraucherzentrale. Wir wissen, dass übermorgen eine Pressekonferenz anberaumt ist, auf der bekannt gegeben wird, wer den Zuschlag für die ausgeschriebenen Wohnungen erhalten soll.

Ich hob die Hand, um Bräuler zu beruhigen.

– Ich weiß, Sie dürfen sich dazu nicht äußern! Nur für den Fall, dass die MCB aus dem Bieterrennen siegreich hervorgegangen ist, nur für diesen Fall bitte ich Sie, diese Unterlagen zu überprüfen. Hasskerl wird nämlich Anzeige gegen die MCB wegen Betrugs erstatten. Alles hier drin!

Ich reichte ihm die Mappe.

– Das war es?

– Wir sind fertig!

Seine Miene hellte sich auf.

– Dann machen wir doch noch schnell ein Foto.

Er nahm den Hörer ab.

– Alma, der Wildgruber soll schnell zum Fotografieren raufkommen!

Bräuler fasste Alois am Arm und postierte sich mit ihm vor dem Schreibtisch.

– Haben Sie einen Ehrentitel oder Kampfnamen? Unseren früheren Ministerpräsidenten haben sie den bayerischen Löwen genannt.

– Schon. In der Heimat nennen sie mich wegen meines

Schädels den großen Geist. Bei euch habe ich mir den Spitznamen eines Pygmäen von Obergiesing eingehandelt.

Bräuler lachte.

– Macht nichts! Könnte schlimmer kommen.

Frau Meyser-Lüdecke streckte ihren Kopf herein.

– Der Wildgruber kommt gleich!

– Jetzt passen Sie mal auf. Du Alma, sag einmal den Herren, wie mein Spitzname lautet.

Frau Meyser-Lüdecke schob das Kinn nach vorne und bedachte mich mit einem Blick voll abgrundtiefer Verachtung.

– Lorenz der Prächtige!

Bräuler winkte ab.

– Schmarrn! Ich meine den richtigen.

Frau Meyser-Lüdecke verweigerte ihm die Gefolgschaft und schüttelte den Kopf.

– Vielleicht Hackfresse?

– Genau!

Bräuler patschte lachend mit der flachen Hand auf den Schreibtisch und deutete mit dem Finger auf mich.

– Er weiß es doch auch! Es stimmt, sie sagen Hackfresse zu mir.

In diesem Moment kam Wildgruber und nahm einen sichtlich animierten Minister mit seinem Gast aus dem Kongo auf.

59

Das war das Bild, das mir in der klösterlichen Meditation erschienen war: Ich saß im Baum und wartete. Allerdings hockte ich nicht auf einem Ast, sondern in einem solide gefügten Baumhaus auf einem Lederkissen. Ich hatte noch ein zweites ähnliches aufgetrieben, vielleicht bekam der Junge ja mal Gesellschaft so wie heute und musste nicht immer alleine spielen. Außerdem hatte ich am Kiosk noch zwei lange Stangen Puffreis gekauft, die mit Schokolade überzogen waren. Als ich noch der kleine Pirat mit abgeklebter Brille war, hatte ich immer davon geträumt, einmal Puffreis satt geschenkt zu bekommen. Vielleicht mochte ihn Benedikt genauso gerne. Das Rauchen verkniff ich mir, man sollte kein schlechtes Beispiel abgeben. Es dauerte bestimmt eine Stunde, bis ich endlich ein Rascheln hörte. Dann kletterte jemand die Leiter hoch. Benedikt streckte den Kopf in das Haus hinein, er sah aus, als würde er gleich schreien.

– Pscht, ich bin es nur. Nicht erschrecken!

Er erkannte mich und kroch herein.

– Ich habe noch ein Kissen mitgebracht.

– Was machst du hier?

– Ich brauche deine Hilfe.

Er nickte ernst.

– Was soll ich tun? Dir Pfeil und Bogen leihen?

Ich zog den Puffreis hervor.

– Lass uns erst mal etwas essen. Magst du Puffreis?

Er betrachtete die Stange.

– Habe ich noch nie gehabt.

– Probiere ihn einfach.

Ich biss in die zweite Stange. Keine Frage, die Erinnerung an diese Süßigkeit war eindeutig besser als diese schon etwas schlappe Stange.

– Weißt du noch, wie das Fest gegenüber stattgefunden hat.

Er nickte wieder.

– Da durftest du doch in deinem Baumhaus übernachten?

– Ja.

– Und du hast mich gesehen, wie ich wieder nach Hause gegangen bin.

Er deutete auf die Stelle, wo ich unschlüssig gestanden war.

– War aber schon ziemlich spät.

– Mein Papa hatte es erlaubt. Außerdem konnte ich ausschlafen, war doch Wochenende.

– Und wie kam das, dass du mich gesehen hast?

Er zeigte auf die zum Nachbargrundstück gerichtete Wand.

– Da ist so ein Sehschlitz, durch den man alle beobachten kann.

– Dann erinnerst du dich vielleicht auch an das schwarzgrüne Auto von dem Musiker?

– Klar, er ist mit der Frau weggefahren.

– Jetzt musst du genau nachdenken: Was ist hinterher passiert, als die beiden weg waren?

– Dann kam Stephan zur Garage.

– Komisch. Wenn er seinen Jaguar benutzt hat, müssten das doch auch andere bemerkt haben?

– Hat er aber nicht.

– Sondern?

– Den Kleinbus.

– Der für den Fahrdienst benutzt wurde! Und wohin?

– Weiß nicht, aber auch in die Richtung.

– In die der Musiker gefahren ist?

Er nickte. Dann reichte er mir die angeknabberte Puffreis-Stange.

– Schmeckt mir nicht so.

60

Als ich endlich wieder zu meinem Laden zurückkam, sah ich schon aus einiger Entfernung, dass man versucht hatte, ihn aufzubrechen. Aber meine Schiebegitter sind robust und halten auch der Einwirkung von Stemmeisen stand. Vorsichtshalber ließ ich alles verschlossen und zog auch das Ziehharmonika-Gitter wieder vor die Ladentür, nachdem ich hineingeschlüpft war. Drinnen rief ich gleich Füllbier an.

– Eine ausgiebige Unterhaltung zwischen uns würde sich sicher lohnen.

– Meine ich auch. Waren Sie das, der da beim Minister aufgekreuzt ist?

– Bei Hackfresse?

Er zögerte einen Moment.

– Ja.

– Das bedeutet wohl, dass man nun die Seriosität der MCB anders beurteilt?

– Allerdings. Ich musste mich deswegen anpfeifen lassen.

Aber wie sollte es zugehen, dass wir weitergehende Erkenntnisse als die Finanzexperten vom Ministerium haben?

– Beweiskräftige Unterlagen haben gefehlt, aber die haben Sie ja jetzt.

– Dass die Geschäftsführer ein massives Interesse daran hatten, eine solche Mitwisserin auszuschalten – gut! Aber ein Nachweis, dass die Tat auch ausgeführt wurde, liegt nicht vor.

– Hier könnte ich Ihnen mit einem nicht unwesentlichen Detail weiterhelfen …

– Ich höre!

– Benedikt, der Junge von nebenan, hat Hulk dabei beobachtet, wie er den beiden nachgefahren ist.

61

Ich war mit Alois am Starnberger Bahnhof verabredet, einem Flügel des Hauptbahnhofs, von dem die Regionalzüge Richtung Niederbayern abgehen. Wir wollten uns Julius' großen Auftritt in Kopfach gemeinsam ansehen. Als Reiseproviant kaufte ich mir noch drei Matjessemmeln. Ich vertrage Matjes nicht, sollte ihn daher nicht essen. Das Pökelsalz verursacht eine Art Fieber in mir, ich brauche danach für sechsunddreißig Stunden kein Pissoir mehr und der Schädel schwillt mir auf, als hätte ich fünf Tage am Stück durchgesoffen. Trotzdem kann ich nichts anders, ich folge einem inneren Zwang. Ich trete an die Theke, weiß, dass ich alles darf nur keinen Matjes, und lasse meinen Blick über das Angebot schweifen. Die Bismarcksemmeln stehen im eigenen Saft, der Brathering ist von der Zubereitung her schon eine Fehlkonstruktion, Lachs kann ich nicht mehr sehen, und Krabbenbrötchen kosten ein Vermögen. Wenn mich schließlich die Bedienung fragt, was ich haben möchte, sage ich normalerweise ganz schnell: Zweimal Matjes!, und diesmal sogar: Dreimal Matjes!, sonst würde mir Alois schon mit einer Semmel die Hälfte meiner Beute wegessen. Ich war ganz erleichtert, dass ich es wieder einmal gegen größte Widerstände geschafft hatte, mir diesen Suchtstoff zu verschaffen, und rundete den Betrag auf volle Euro auf, schließlich sollten sich alle mit mir freuen können.

Dieser Matjes war definitiv ganz anders als alle anderen zuvor, außen silbrig, innen rosa, wie er sein soll, und selbst Hein Blöd hätte aus großer Distanz erkannt, dass es sich um holländische und daher besonders mild gesalzene Ware handelte. Die erste Semmel stopfte ich mir gleich im Stehen hinein, womöglich würde Alois auf der Hälfte bestehen, und ich bekam nicht mehr die Portion, die ich brauchte.

Ich schlenderte hinüber zu Gleis siebenundzwanzig, dort wartete Alois bereits auf mich. Wir umarmten uns kurz.

– Fischsemmel?

– Genau, Matjes. Ich habe dir eine mitgebracht.

Alois verzog Gesicht.

– Roher Fisch, pfui Deibel. Wurstsemmeln sind mir lieber. Ich habe dir aber auch eine mitgebracht.

Jetzt fiel mir auf, dass an seinem Kragen Brösel hingen, vor lauter Gier, dass ich ihm seine ordinären Wurstsemmeln wegessen könnte, hatte er sich gleich darüber hergemacht. Dass zwei Freunde sich so geizig zueinander verhielten, war gewiss hässlich, aber dieser Fall lag wie die Geschichte mit der Erbsünde, wenn alle davon betroffen sind, ist es auch schon wieder egal, und durch die Taufe kann der Makel auch noch nachträglich getilgt werden. Aber die gute Nachricht war, dass nun jeder von uns gewissermaßen eine Gratissemmel obendrauf bekam, die man dem sozialen Zwang folgend schon abgeschrieben hatte.

Mehr, als einen Ausflugstag mit drei Matjessemmeln zu starten, konnte man sich gar nicht wünschen. Bester Stimmung suchten wir uns einen noch wenig besetzten Wagen.

62

Als wir am Freisinger Domberg vorbeirollten, hatte jeder schon seinen Proviant verzehrt. Satt und zufrieden wie zwei Riesenschlangen mit Beutelratte im Leib saßen wir einander gegenüber. In Ruhe schilderte ich Alois die Ereignisse der letzten Tage.

– Und du bist sicher, dass der Fall damit gelöst ist?

– Was heißt sicher, sagte ich, aber wie soll es sonst gewesen sein? Das Landesbank-Geschäft, um das es geht, hat eine Größenordnung, die auch gefestigtere Personen als Hulk zu Verbrechern gemacht hätte.

– Die haben mit ihren Schwindelfonds schon ein krummes Ding gedreht. Aber dass er seine Exfreundin dann umbringt, ist ein bisschen viel, finde ich.

– Bei denen war alles einige Nummern zu groß! Ich denke mir das so: Wenn Leila auspackt, steht die Firma insgesamt auf dem Spiel. Für die geht es um Leben oder Tod. Er sediert dich und hofft, dass sich sein Problem in einem Unfall löst. Er fährt euch hinterher, er sieht, dass du es gerade noch geschafft hast, anzuhalten und dich in den Wald zu schleppen. Jetzt braucht er Plan B. Also hält er an und sagt zu Leila, er hätte sich Sorgen gemacht, ob sie noch mal über die ganze Geschichte reden könnten. Sie verneint, stößt ihn zurück, weint, flieht in den Wald hinein. Er hinterher, packt sie, sie wehrt sich, er würgt sie und legt dann die Spuren, die auf dich hindeuten. So ungefähr.

– Wir werden sehen. Jedenfalls hat Füllbier nun endlich die MCB im Visier und wird seine Arbeit machen.

In Moosburg stieg eine fröhliche Männergruppe zu, drei kräftige hochgewachsene Kerle und ein kleiner rundlicher. Sie trugen Lederhosen, sangen, dass sie die Champions seien, vor allem schleppten sie zwei Kästen Bier mit in den Wagen. Ihren roten Köpfen und den Lücken im ersten Kasten nach zu urteilen, hatten sie schon einiges geladen. Sie nahmen direkt neben uns Platz. Als Erstes ließen sie die Flaschenverschlüsse aufschnalzen und stießen an. Mit großer Sehnsucht schaute ich hinüber, mein kleines Wasserfläschchen war schon längst leer. Ich stand inzwischen innerlich brutal unter Salz und hatte einen Riesendurst. Das Schlimme am Matjesverzehr war, dass ich es nie herausschmecken konnte, wie sehr der Fisch gesalzen war. Das machte mir erst der brandartige Durst hinterher klar.

Nun passierte etwas ganz Seltsames: Der Rundliche gab ein Zeichen, und die anderen drei sprangen auf, schrien auf *Zicke zacke zicke zacke hoi hoi hoi!* beruhende, aber ansonsten völlig unverständliche Parolen heraus, stampften dazu mit ihren

Haferlschuhen und schlugen sich mit den Handflächen auf Lederhosen und Schenkel. Dann klatschten sie mehrfach rhythmisch über dem Kopf in die Hände, und die Anfeuerung endete mit dem Ausruf *Schnipp Schnapp, Ferdl Wompertinger holt den Cup!* Dabei zeigten sie auf den Rundlichen, der sich daraufhin artig verbeugte.

– Klingt albern bei den drei Holzhackerbuben, aber die führen sich auf, als wären sie Cheerleader, sagte ich zu Alois.

Einer von ihnen musste meinen Hinweis wohl aufgeschnappt haben.

– Da liegst du gar nicht so verkehrt, Herr Nachbar!

– Wir kommen gerade aus Tschechien, ergänzte der zweite.

– Aus Hrimezdice, schloss der dritte ab, da ist der Ferdl Weltmeister geworden.

Alois und ich lachten, die vier waren zwar schon ziemlich dicht, hatten aber einen guten Humor. Auf so etwas musste man erst mal kommen, wenn man auf einer Sauftour unterwegs war.

– Was ist, fragte ich, habt ihr noch eine Flasche übrig?

– Freilich, setzt euch her! Gefeiert wird!

Sie rückten zusammen und gaben die Flaschen aus. Dann stießen wir an, das Bier war noch kühl, und ich schluckte es rasch weg, denn in meinen Eingeweiden loderte der Salzbrand. Mit Oberlindhart und Niederlindhart wurde es draußen schon sehr niederbayerisch, inzwischen waren wir zur Selbstbedienung übergegangen. Die besten Karten bei der Truppe hatte Alois mit seinen Imitationen und Karikaturen, die er erzählerisch darbot, und schon bald lagen ihm vier Einladungen vor, weil jeder daheim einmal einen schwarzen Landsmann und

Spaßvogel präsentieren wollte. Er war es dann auch, der partout den Scherz weiterstricken wollte.

– In was ist er denn Weltmeister, euer Ferdl? Weißwurstessen, Fasselstemmen oder Fingerhakeln?

– Im Arschbomben-Springen!

– Im Cannonball und in der Yogi-Arschbombe ist er praktisch unschlagbar.

Mir schossen die Tränen vor Lachen in die Augen. Da sollte einer sagen, der niederbayerische Urtyp habe keinen Humor! Vor allem begnügten sie sich nicht damit, einen solchen Schmarrn in den Raum zu stellen, sie woben auch noch witzige Details ein, wie dass der Hauptkonkurrent aus Österreich komme, wo er in der Nähe von Innsbruck lebe, ob das jetzt Mutters oder Natters sei, hätten sie vergessen, und der nationale Konkurrent stamme aus Niedersachsen, ein Versicherungsmakler aus Edewecht, der aber dieses Mal nur den fünften Platz belegt habe.

Das war alles so saukomisch, dass wir zusammen immer lauter wurden, zumal Alois begann, einige Gstanzl darauf zu improvisieren.

Wir hatten inzwischen Laberweinting und Radldorf passiert und langten schließlich in Straubing an. Die drei Cheerleader sprangen auf und sagten, sie seien jetzt praktisch daheim. Wir umarmten uns, und zwecks Leergut nahmen sie den ersten Kasten mit.

– Das wird immer mehr Bier, sagte ich zu Alois und deutete auf den Restkasten.

– Ich glaube, du hast schon einen Hackl, erwiderte Alois. Das Bier wird logischerweise immer weniger.

Mit dem Hackl hatte er recht, sonst hätte ich ihm erklären

können, dass das verfügbare Bier pro Kopf nach dem Weggang der drei eben doch deutlich mehr geworden war. Aber ein Mann in meinem Zustand brachte einem niederbayerischen Kongolesen jetzt nicht mehr das Bruchrechnen bei.

Hinter Bogen machten wir dann einen weiteren Begleiter minus. Ferdl verabschiedete sich aus unserer Unterhaltung, er kippte einfach zur Seite und begann, wie ein Ross zu schnarchen.

Angestochen fuhren wir dann endlich in Kopfach ein, es wurde auch höchste Zeit, dass wir diese Sauferei beendeten. So wie es da draußen am Bahnsteig aussah, hatte sich der ganze Ort versammelt, um geschlossen nach Zwiesel zu fahren. Oder nach Parzham zu einer Prozession zu Ehren des heiligen Bruder Konrad? Jedenfalls konnten wir angesichts dieser Menschenmenge da draußen froh sein, diesen Zug verlassen zu dürfen. Aber da hatten wir uns geirrt.

Ferdl sprang auf, sackte aber sofort in den Sitz zurück.

– Ihr müssts mich raustragen.

Das waren wir ihm schuldig. Wir nahmen ihn in die Mitte und schleppten ihn auf die Plattform. Etwas unsicher stand er da, überblickte das Spektakel, das sich uns bot, und winkte in die Menge. Schlagartig begann daraufhin die Blaskapelle, die sich vor dem Wartesaal aufgebaut hatte, einen Marsch zu spielen. *Auf Adlers Schwingen*, wie Alois sofort feststellte. Hinter den Musikern konnte man eine mit grünen Zweigen geschmückte Tafel erkennen, *Kopfach grüßt seinen Weltmeister*. Alois kickte den Kasten wieder in den Zug zurück, auf das Leergut kam es jetzt nicht mehr an. Wir fassten uns an den Händen, Ferdl setzte sich darauf und schlang seine Arme um unseren Hals. So trugen wir ihn einigermaßen würdevoll durch die Schaulustigen hindurch und platzierten ihn in der Kutsche, die auf der Straße wartete.

– Was ist denn mit ihm, fragte der Bürgermeister, ist er verletzt?

– Nur ein bisschen angeschlagen. So ein Wettkampf zehrt, da bist du das Feiern hinterher nicht mehr so gewöhnt.

Der Kutscher schnalzte, der Wagen fuhr an, und wir überließen den Arschbombenweltmeister seinem weiteren Schicksal.

63

Alois und ich schleppten uns zum Sackelbräu hinüber, wo uns Julius erwartete. Dass wir schon mit unserer Ankunft den Ort aufgemischt hatten, war ihm nicht entgangen. Er tauchte mit seiner Umarmung nur kurz in unsere Bieraura ein und meinte, Zimmer habe er bereits reservieren lassen, wir sollten uns also einfach hinlegen, dass wir bis zum Abend wieder gerade stehen könnten.

Als ich wieder aufwachte, war genau das passiert, was ich befürchtet hatte: Ich war im Gesicht so faltig und verquollen wie ein Mops. Aber das hatte ich mir selbst mit meinem Matjes-Abusus eingebrockt, da musste ich durch. Zum Glück für mich begann das Konzert der Bellbrooks erst mit Einbruch der Dunkelheit, und im Übrigen war ich in dieser Freakshow von Bluesfreunden auch nur eine lädierte Type unter vielen: Die Freunde der zwölf Takte hatten tief nach unten in ihre Kiste gegriffen und nichts ausgelassen, den griechischen Lederhut sah man ebenso wie die um den Kopf gewundenen bunten Tücher, Jeansjacken mit abgeschnittenen Ärmeln, Holzfällerhemden, die Kerle waren zerknittert, frisch waren nur die schwarz gefärbten Haare, und auch wenn sie gerne so getan hätten, als seien sie mit ihrer Oma gekommen, ließ sich nicht dauerhaft verheimlichen, dass es ihre Frauen oder Freundinnen waren.

Vorne hob die Band mit einem Blues an. Man kann nicht behaupten, dass dieser Musik Spritzigkeit und Lebensfreude innewohnen würde. Sie kriecht so wie wir in unserer ganzen Mühseligkeit und Beladenheit dahin. Sie erspart uns nichts, auch wenn uns hin und wieder die ein oder andere *jelly roll* das Leben versüßt. Sie sorgt dafür, dass wir uns selbst begegnen. Und geistig sah ich mich sowieso nie anders als mit dem Gesicht, das ich mir durch den Matjes eingehandelt hatte.

Hey, außerdem habe ich mir meine Schrammen und Macken nicht am Wirtshaustisch sitzend erworben, Kämpfer wie mich hat schließlich das Leben selbst gezeichnet. Klar, unsereiner ist über die besten Jahre hinaus, man wirkt inzwischen grob und ungehobelt, die Erfahrung hat uns nicht unbedingt veredelt, aber innerlich sind wir kleine Piraten geblieben, die davon träumen, auch mal Helden sein zu dürfen.

Max Bronski
Mad Dog
Boogie
Kriminalroman
Kunstmann

Umschlaggestaltung: Heidi Sorg und Christof Leistl
Coverfoto: Florian Drechsel
Typografie + Satz: frese-werkstatt.de
Druck + Bindung: Pustet, Regensburg
ISBN 978-3-95614-124-9